FLAMENCO KILLER

JMS GUITIÁN

KOLIMA
BOOKS

Categoría: Novelas | Colección: Thriller

Título original: *Flamenco killer*

Primera edición: Mayo 2019
© 2019 Editorial Kolima, Madrid
www.editorialkolima.com

Autor: JMS Guitián
Dirección editorial: Marta Prieto Asirón
Maquetación de cubierta: Sergio Santos
Maquetación: Carolina Hernández Alarcón, Carmen Ruzafa

ISBN: 978-84-17566-30-2
Depósito legal: M-16699-2019
Impreso en España

Para Almudena; para mi madre, Nieves (aunque todos la llaman Mimí); para mis hermanas, Nieves, Teresa y Beatriz; para mi hija, Rebeca; para mi suegra, Carmina; para mis cuñadas, Carla, Gracia y Petra; para mis sobrinas, Julia, Paula, Cristina, Cecilia, Victoria, Lucía (que es mi ahijada) y Claudia; para mis tías, María Luisa (aunque todos la llamamos Coca), Elena, Cochi, Magüi, Cristina, Esther y Gloria; para mis primas, Carmelita, Guillermina, Susana, Adriana, Gala, Elena, Patricia, Cristina, Isabel, Marta, Begoña, Conchi y Silvia; para mis amigas, Sonia, Susana, Gabriele, Mabi, María, Belén, Marta, Ana, Natalia, Felisa, Ángeles, Silvia, Pía, Joana, Inma, Alba, Nélida, Olga, Katyna, Mirentxu, Mara, Elena, Jimena, Regina, Isabel, Maricel, Vanessa, Gracia, Fátima, Mercedes, Camila, María Luisa, Valeria, Marichu, Alejandra, Mónica, Blanca, Amparo, Cristina, Lola, Alicia, Noemí, Gemma, Carmen, Mayte, Gema, Laura, Berta, Henar, María José, Violeta, Margarita, Julia, Carmen, Patricia, Pilar, Geles, Sofía, Clara, Raquel, Concha, Begoña, Rocaya, Gimena y July.

Gracias a todas, también a aquellas otras, aunque sus nombres no estén en la memoria de esta hoja, por su sensibilidad, dedicación, fuerza, ternura y capacidad de hablar de todo; por sonreír, llorar y amar a la vez.

ÍNDICE

FLAMENCO KILLER

Flamenco killer es el primero de una serie de ocho libros que tienen como protagonista a Lola Ramos, una sicaria feminista declarada, *hitwoman*, ex agente especial del FBI, que tiene una academia de baile flamenco en Manhattan Beach, Los Ángeles; hija de una *sniper* del Ejército americano, Tarissa Olomo, y de un guitarrista gaditano con tablao en Long Beach, Macareno Ramos. Esta viuda, que tiene una hija de cuatro años, Encarna, nos cuenta en primera persona sus asesinatos y pensamientos en un intento de conciliación de su vida familiar y profesional.

Próximos títulos de la serie:
1. *FK, Lola returns.* Otoño 2019
2. *FK, L.A. muerte.* Primavera 2020
3. *FK, Spain is different.* Otoño 2020
4. *FK, Hollyblood.* Primavera 2021
5. *FK, Back to Cádiz.* Otoño 2021
6. *FK, Beverly Hells.* Primavera 2022
7. *FK, Hastaquihemosllegao.* Otoño 2022

I. ALEGRÍA

Yo pego un tiro al aire, cayó en la arena,
confianza en el hombre nunca la tengas,
nunca la tengas prima, never have it,
I shot in the air, fell on the sand,
te han puesto en la balanza,
ay, dos corazones en un tiempo,
ay, it is placed in the balance,
ay, uno pidiendo justicia,
ay, el otro pide venganza.

Tiriti tran tran tran
tiriti tran tran tran tran
tiriti tran tran tran trero
ay tiriti tran tran tran...

Siempre empezaba igual; el rasgar de las cuerdas tensas, con un movimiento de los dedos de la mano en forma de abanico cerrándose sobre la guitarra, de la más grave a la más aguda: mi, si, sol, re, la, mi... Cuando la uñas y las yemas de los dedos se alternan para conseguir la cadencia, el ritmo inconfundible que sale de la caja de madera en forma de ocho cuando reposa firme, y del infinito saca sonidos apoyada en la rodilla izquierda; luego, los dedos de la mano opuesta que empujan las cuerdas sobre los trastes del diapasón para darle carácter a las notas.

Ahí estaba mi padre que había afinado, dejando caer la cabeza cerca del mástil para que la oreja estuviera más cerca de los sonidos, mientras sus dedos corrían y apretaban tensamente las cuerdas sobre las seis clavijas.

Siempre empezaba igual, despertando a los hilos tensos, enérgicos, de su letargo; rasgando la oscuridad donde reposa el flamenco, en silencio, hasta que abre los ojos. Si lo has escuchado una sola vez en tu vida lo recordarás hasta la muerte.

El que toca el instrumento de cuerda es mi padre, Macareno Ramos Losantos, alias El Alcaparras, alias The Capers, guitarrista de flamenco, cincuenta y nueve años, nacido en Cádiz en el barrio de La Viña, donde las macetas con geranios cuelgan sobre las calles estrechas y huele a mar. Ahora, ahí sentado en una silla de rejilla, con su guitarra afinada y rasgando las cuerdas al ritmo del *tiriti tran tran*, un gaditano que se trasladó a Los Ángeles, a América, la ciudad de los sueños, por obra y gracia de un coronel del Ejército americano de la base de Rota enamorado del flamenco, Maison Jordan. En palabras de mi padre: «*El gachí coronel, un armario de dos puertas y asín de negro como el carbón, y con mucho arte el hijo de puta, que daba palmas mejor que Marifé de Triana*». Que cuando él, mi padre, dice «hijo de puta» lo dice con admiración y no es un insulto; cariñoso tampoco es, pero se lo dice a sus amigos. Este, el coronel Maison, le ofreció a mi padre —que entonces tenía veinte años y era un poco *acarajotao*—, digo, irse a tocar la guitarra al pub de un amigo suyo junto al Pier de Santa Mónica, The Bagpipe. El joven gaditano se hizo el pasaporte y se fue de su Tacita de Plata para no volver más. Se instaló en un apartamento compartido con otros dos músicos que tocaban jazz y aprendió unas frases en inglés para poder ligar con las yanquis. Recordaba que cuando acentuaba con fuerza las letras jotas, como *Jólibud*, o *¿jauaryú?*, esto les hacía mucha gracia a las chicas californianas.

En aquellos días conoció a la que sería su primera esposa, Melinda Hilton, que no tenía nada que ver con los dueños de la cadena de hoteles de dicho nombre. El matrimonio duró apenas un año. Las diferencias culturales entre ambos fueron insalvables; un joven guitarrista acostumbrado al griterío de la calle, con pocas ganas de dormir de noche, que se alimentaba de tapas, enjuto que estaba el hombre y un poco *eslomao*, en un estado de cazador perpetuo, pegando tiros con las gringas que se ponían en su camino; siempre había una que quería cerveza después del espectáculo de baile, guitarra y palmas. Y del otro lado, su esposa, Melinda Hilton, una joven ambiciosa y siesa, estudiante de Berkeley, que es como decir aquí fumadora de marihuana, y que aspiraba humo y a cambiar el mundo de los años setenta con manifestaciones antinucleares y el consumo de alimentos orgánicos. Mi padre, claro, no entendía nada de energía *nucleá*, y toda la fruta a él le parecía fruta *naturá*. Acabó todo descuajeringado. Mi padre no quería cambiar nada, ni de guitarra quería, que tiene la misma que cuando llegó a LAX, que es así como llaman aquí al aeropuerto, que en la sabiduría de mi padre: *«Con la X esa, más que tomar un vuelo parece que vas a ver una peli porno».*

Se casó por segunda y última vez con mi madre, Tarissa Olomo, la mujer más guapa del mundo me decía cuando me arropaba por las noches antes de irse al tablao: *«Con tu mare no hacía falta la luz del sol; cuando se levantaba por la mañana to se iluminaba y por las noches, cuando entraba ella en una habitasió, apagábamos las lámparas para no gastar. La más guapa del mundo era tu mare, la mare que te parió».*

Una mezcla de colores aceituna en la piel y ojos saltones de un verde intenso y brillante, que podía ser del mismísimo Puerto de Santa María, que murió en un accidente cuando yo tenía cinco años. Yo estaba con ella ese día, apenas recuerdo nada; las cosas malas tiendo a olvidarlas. La atropellaron en el cruce de Wilshire con la Tercera; ella, tan certera en la distancia larga, no vio venir un coche que se dio a la fuga, y yo me quedé allí en la acera, contemplándola tendida en el asfalto mientras se apagaba entre espasmos y convulsiones. Ella era una francotiradora de élite del Army, una *sniper* que acertaba a un botón de una camisa de cuadros de un hípster con ukelele a quinientos metros de distancia de un solo tiro. Conservo fotos en la que está ella de niña; dicen que me parezco. Mi padre la llamaba *«mi gitana con puntería»* y ella se reía mucho. La recuerdo en otra de las fotos que conservo, en la que está con mi abuelo Marcus Olomo y mi abuela Lisa Olomo, una irlandesa pelirroja y blanca como la leche, Lisa O´Railly de soltera, que pasó de una O a otra O más negra y llena de amor. Mis abuelos maternos fueron uno de los primeros matrimonios interraciales de la costa oeste.

Mi padre, con sus recuerdos, me contaba que le cantaba a mi madre: *«Tarissa de la O, que desgraciaita gitana tú eres teniéndolo to. Te quieres reír y hasta los ojitos los tienes morados de tanto sufrir»*, y ella, que no entendía ni jota de lo que él decía, le preguntaba: *«Macareno, what does desgraciaita mean?»*; *«Misfortune, mi reina mora, misfortune»*, que mi padre estaba muy colao, de verdad de la buena, con su mujer, con mi madre.

Tengo una foto en la pared de mi cuarto; ella, con su uniforme azul de la armada, sus bordados en rojo y los galones de sargento y la bandera con sus barras rojas y sus estrellas a la espalda que da gloria verla. También tengo una de sus mirillas de rifle en el aparador de mi cómoda donde guardo mis cosas íntimas, los pantis que los llaman aquí, porque lo de bragas, la verdad es que, aunque es una palabra del diccionario español, siempre me ha parecido muy ruda, basta, poco fina vamos.

Yo soy Lola Ramos. Tengo treinta y cinco años y soy norteamericana. El nombre de familia Ramos es complicado de pronunciar aquí donde la R se pierde golpeando el paladar y no vibrando sobre los dientes; suena algo así como Gamos, pero sin gracia. Las palabras sin R fuerte no tienen gracia; son *desaborías* que diría mi padre. Soy viuda; vivo en Los Ángeles, en Manhattan Beach, cerca de la playa. Tengo una hija, Encarna, de cuatro años, con una R de las *complicás*, de las que me gustan, de las que llenan la boca, *Encarrnación* Hoover. ¡Qué sol de niña, por Dios! Tiene el apellido de su padre y el nombre Encarnación, que cuando lo dicen los americanos suena muy patriótico por lo de *nation,* y es que los dos fuimos agentes especiales del FBI durante siete años y ahí nos conocimos, en la Policía Federal.

Yo ahora trabajo por mi cuenta. He abierto una academia de baile flamenco, alegrías, tangos, rumbas, fandangos, sevillanas y hasta la farruca les enseño en lo que fue un viejo almacén náutico, de madera, junto a mi casa, puerta con puerta, en el que he puesto espejos grandes para corregir la posición mientras se baila. Tengo dos grupos de mujeres cada día, menos los viernes que cierro. En la zona de Manhattan Beach se vuelven locos con el flamenco, ¡tan pálidos que se les ve! Vienen mujeres desde Culver City o Torrance para su hora y media de clase; «*Paice que lo regalan*» dijo mi padre la primera vez que fue a verme. Hay días o semanas que cierro; digo que tengo gira. Dejo a la niña con el abuelo, al que se le cae la baba con su Encarnación, pero realmente cierro porque tengo otro trabajo que también me gusta: soy una sicaria; aquí las llaman *hitman*. Yo prefiero *hitwoman*, por lo de la reivindicación feminista. Una asesina a sueldo: tú me pagas y yo mato.

¿Que por qué soy asesina a sueldo? Para que lo entiendas te tengo que contar cosas de mi pasado. ¿Te interesa? ¿Sí? Pues como ya he dicho, soy viuda. Mi marido, Adam Hoover, con nombre de presidente, nació en Montana, un lugar verdaderamente bonito para el descanso eterno. Lo conocí en el FBI, nos enamoramos, nos casamos y seguimos trabajando juntos. Me lo mataron en una emboscada, una trampa; nos estaban esperando. Sí, estaba con él cuando murió. «*Hi babe, everything is fine, just sing a nana, love you...*», dijo. Así de sencillos son los americanos muriendo. Me pidió una canción, él desangrándose, y yo se la canté con la pistola en la mano todavía humeante; yo más sentida y con lágrimas en los ojos, él ya con los ojos cerrados y derramando sangre como Cristo en la cruz cuando se lo llevaron.

Duérmete tesoro mío,
no tengas miedo de ná,
mi pecho combate el frío,
con tus manitas helás.
Calla que tras la colina
está la muerte acechando,
viene cargada de espinas,
luces, fatigas y clavos.
Lullabie for my dark eyes,
lullabie for my star in the sky.

Murió poco después en una ambulancia; ahí mismo se quedó, finado. Se llevó mi corazón; me dejó embarazada de dos meses, preñada, y él se fue sin saber que iba a ser padre.

El funeral fue muy bonito; la bandera de barras y estrellas, qué orgullo. Ondeaba en lo alto y también sobre el ataúd donde la estiraron, que parecía una cama recién hecha por una obsesa de la limpieza. Le pedí a mi padre que tocara esa alegría que le gustaba tanto a Adam y que cantaba Camarón: «*Yo pego un tiro al aire, cayó en la arena*». Se llama alegría a este palo flamenco, pero es muy triste. Lloré mucho escuchando a mi padre:

...Te han puesto en la balanza,
ay, dos corazones en un tiempo,
ay, está puesto en la balanza,
ay, uno pidiendo justicia,
ay, the other calls for revenge.

Tiriti tran tran tran
tiriti tran tran tran tran...

Allí todos de pie, marciales, y mi padre sentado con el instrumento de madera; con esa voz rota que tiene y el eco de la guitarra colándose entre las lápidas blancas uniformadas, que aquí los cementerios son como jardines de verde y piedra, sin grandes excentricidades de mármol, ni luchas para ver quién pone la cruz más alta. Son sencillos: tu nombre y las dos fechas, principio y fin. Estaban los compañeros de la oficina: Ben Harper, siempre atento, íntimo de Adam; también estaba el ínclito, Thomas Walker, el jefe, al que le tengo mucha manía, pero bueno, ese día era el entierro... Y la alegría triste sonando en la voz y la guitarra de un gaditano afincado en Los Ángeles que cantaba algunas estrofas en inglés para que se enterara la gente local.

Mi padre quería mucho a Adam, su yerno, y este le correspondía a lo americano; que los americanos inventaron el *I love you,* pero luego querer, lo que se dice querer, quieren a su manera, más bien poco. A ver cómo te lo explico: son como de querer pero con la cámara delante, como si la vida fuera una película; eso sí, miran muy tierno. Pues eso, que se sentaban muchas veces juntos con unas cervezas en la mano y mi padre le contaba historias de Cádiz con un acento muy español: «*Adan, I had a friend who was called Farruquito. We called him Niño Chico, Little Boy; he was very crying, a lot. Now they have told me that he is a Guardia Civil; it is like the Po-*

lice but more serious... Well, the guy, one day, when we were young, found a bundle full of drugs on the beach, hashis, like marijuana... Do you know what he did? He called the Police, moron. If he had not said anything we would have had to smoke the rest of our lives». Adam reía y mi padre, muy serio, sorbía un trago chico de cerveza y dejaba salir un aire desde la glotis.

Ahora mi padre le cantaba por alegrías: «*Tiriti tran tran tran, tiriti tran tran tran tran*», que era muy de Cádiz, como él, mientras que una policía uniformada de gala y con galones doblaba con solemnidad la bandera que cubría el ataúd en forma de triángulo equilátero, perfecto, y me la daba, cuadrándose delante de mí con un taconazo que parecía que se iba a arrancar con un *zapateao*.

El compás de las alegrías es de doce tiempos. Como en todo ritmo, hay unos tiempos más débiles y unos tiempos más fuertes; es decir, en el tres, seis, ocho, diez y doce imprimes más *intensiá*.

A Adam le hubiera gustado morir de viejo en Montana, me dijo una vez; algún día le llevaré a su tierra para el descanso eterno, pero Los Ángeles es un buen sitio para una temporada.

Te estaba explicando lo de ser sicaria de dónde me viene. No solo fue por la muerte de mi marido el que me hiciera *hitwoman*. Fue cuando nació Encarna; yo no quería estar tanto fuera de casa. El Buró federal requería total dedicación; la conciliación familiar en la Policía Federal era una broma, mucho hombre y pocas madres, y yo tenía la idea de la academia de baile flamenco en la cabeza; hice cuentas y dije adiós al FBI.

Pero te cuento. Un día, en una clase, una alumna, Joana Wallis, llegó con gafas de sol puestas; toda la clase con las gafas sin quitárselas, que parecía una actriz de Hollywood que no quiere ser reconocida en el supermercado Pavilions cuando va a hacer la compra. Al terminar lo vi, cuando se secaba el sudor de la cara con una toalla *asín* de chica, una *miaja* de tela. La pobre Joana tenía un moratón en un ojo que le dolía con solo mirarlo. A solas se sinceró: el *son of a bitch* de su marido la arreaba de lo lindo. ¡Me dio un coraje! Y sin mucho reparo le pregunté que si quería matarlo. Me dijo que sí rápidamente, pero le daba miedo que la pillaran e ir a la cárcel; Joana tenía tres niños que cuidar, todos pequeños. El *son of a bitch* murió ahogado, con un poco de ayuda por mi parte, una semana más tarde, en Hermosa Beach. El tipo, el señor Wallis, apareció asfixiado en la orilla de la playa; los indicios señalaban que se había tirado al agua vestido en estado de embriaguez con una *tajá* monumental. El índice de alcohol en sangre así lo indicaba; una *jartá* se había *dao* el gachí de licor de agave. Había ingerido una botella de tequila que me costó veinte dólares; me acuerdo del precio porque yo cobro un fijo más gastos aparte.

Ahí me tenías, entre las olas, luchando con el tipo que se resistía como un poseso a dejar la superficie y el aire, dando sus últimos tragos desesperados de agua salada. Ya inmóvil, el hombre muerto se quedó flotando boca abajo, arrullado por las olas, y yo me fui nadando siguiendo la estela de la luz de la luna.

En el cementerio, cuando le di el pésame a mi clienta, «*my deepest condolences*», ella me abrazó y me dijo: «*Thank you very much dear, I'm going to recommend you to my friends*».

> *I shot the air, it fell in the sand,*
> *Trust in a man you never have it,*
> *Never have it, cousin, never have it.*

Se me abrieron los ojos; había demanda para cargarse gente indeseable, había poca oferta profesional y, ¡qué leches!, tengo que decirlo: que lo llevo en la sangre, que soy una mezcla perfecta de flamenco *arrebujó* y americana *lethal weapon*, vamos... ¡que matar me pone!

> *Tiriti tran tran tran*
> *tiriti tran tran tran tran*
> *tiriti tran tran tran trero*
> *ay tiriti tran tran tran...*

II. SAETA

Tu cara ensangrentada,
Y tu corazón partido,
¡qué pena da verte, Johnny,
con lo que tú has sido!
La sangre a ti te brotaba
de tu corazón divino,
y en el cine se escuchaban
gritos de angustia y dolor.
Las campanas están doblando
por la muerte de su dios,
que, clavado y ensangrentado,
agoniza en el rincón.
La tierra tembló tres veces,
el cielo se oscureció,
las flores se marchitaron,
«... ¡and now, I will kill him!».

No es lo mismo matar con una placa que sin ella; no es lo mismo matar en defensa propia que por guita, o, como decía Voltaire, «*está prohibido matar; por lo tanto, todos los asesinos son castigados a menos que maten en grandes cantidades y al son de los tambores y las trompetas*». La primera vez que maté por dinero, digamos que fue una casualidad, nada estudiado, un poco de improvisación, lo que se dice, «*aquí te cojo y aquí te mato*». Pero matar bien es una cosa complicada, hay que tener arte.

Dejé a mi padre, Macareno Ramos, jugando con su nieta, Encarnación Hoover, mientras yo daba mi clase de las tres al grupo de quince mujeres de los martes. Él daba palmas y la niña mientras daba vueltas con gracia, hasta que se mareaba y caía al suelo desequilibrada y riéndose.

—Olé mi niña chica; ole la gracia que tiene esta angelita mía. ¡Viva el arte de la Hoover Ramos! Por la gloria de mi *mare* que esta niña es la encarnación de la Niña de los Peines.

Encarna estaba encantada con la atención de su abuelo.

–*Grandpa Macareno, let's play with the guitar, come on, oki.*

En la sala grande de los espejos yo estaba corrigiéndole la postura a Mary Jo Albridge, que era un poco *desaboría*, «*mu mantecosa*» que diría mi padre, desestructurada. Cruzaba en exceso la pierna derecha y cuando había que volver a la posición, las puntas se le disparaban y parecía que se iba a echar a andar como Charles Chaplin con un bastón. Eso sí, Mary Jo era muy voluntariosa. Ella estaba encantada porque sudaba mucho; para los americanos sudar mucho es síntoma de salud.

Los cercos de la Mary Jo al terminar la clase eran de un radio considerable en las axilas; la palabra «sobacos» no me suena literaria. Le dejaban siempre una línea difuminada blanca sobre la prenda negra ceñida que me lleva que era un poco *disgusting*. Yo la verdad es que sudo poco, que además una es muy limpia y de tres duchas diarias, que mi padre me dice: «*Quilla, que te van a salir escamas de tanta agua*». También me lo dice cuando bebo del bote de agua de un galón que llevo a todos lados; los americanos se dividen entre los que llevan el vaso de Starbucks con *café latte macchiato* todo el día, y la otra mitad que llevamos el depósito de agua de medio galón pegado al cuerpo. No hay americano que no lleve algo en la mano, por eso juegan al béisbol y al baloncesto, que con los pies no se apañan. Mary Jo hace el movimiento de manos muy bien, con mucho arte; eso sí, con las piernas es otro cantar. No sirven, que hasta el *football* aquí lo juegan con las manos. Lo de las piernas, ay mi madre lo de la piernas; que se me espatarran a la de tres y en el segundo compás más de una se queda en unas posiciones nada señoriales y parece que va a hacer el salto de la rana.

Yo tampoco me voy a poner de divina de la muerte con ellas, que además estas mujeres están aquí ocupando un tiempo que, en otro caso no sé; estarían histéricas amargándoles la vida a sus esposos, de los nervios, esperando que el día se acabe en sus casas de dos mil metros cuadrados que cada día limpia una mujer que suele ser hispana y les cobra a once dólares la hora. Estas son gente pudiente, muy pudiente, y la gente pudiente siempre se pregunta: «¿qué vas a hacer?». Mi padre dice: «*En Cai, si tú le preguntas a alguien ¿qué vas a hacer?, te responde: 'pisha, hablar del futuro, eso da mu malaje japuchi'*», lo que viene a ser que vivas el presente y que no hacer nada es una forma de vida también; no siempre tienes que estar *ocupao*.

Ya se iban las chicas; se quitaban las faldas largas y se ponían los pantalones.

Mary Jo me pidió el móvil; ella se lo había dejado en casa y tenía que recordarle a su marido que él era el que tenía que recoger a su hijo del colegio. Me quedé en la puerta para despedirlas:

—*Good job, good job... see you on Thursday. Goodbye señoritas, enjoy the afternoon. Bye Alison, bye Destiny, see you Mary Jo, good job.*

Yo iba a darle la merienda a Encarna, que mi padre los martes tenía función en Irvine, porque hay mucho asiático en la zona y el flamenco vuelve loco a *to quisqui*.

Una mujer muy elegante, con pañuelo a la cabeza y gafas de sol, me observaba desde un coche de gran formato; parecía sacada de un anuncio de Hermes de los años sesenta. Ahora las mujeres nos ponemos más la pamela; lo del pañuelo en la cabeza nos suena más religioso, aunque yo lo uso mucho al cuello. Tengo uno maravilloso que me regalaron de Fabric Poetry, «arte portátil» lo llaman, y me lo pongo mucho.

Yo me quedé muy chula mirándola. Si había venido a apuntarse era un poco tarde; tenía el cupo lleno y las clases estaban hasta la bandera. Salió del coche, una *pechá* de grande y oscuro que era, abrigo negro fino ajustado, y la hembra se echó a andar a mi querencia, como un torero que sale a hacer el paseíllo en la plaza el día grande, paso cruzado sobre una línea imaginaria, *stilettos* de suela roja, mucho arte en el paso. ¡Vamos!, un pedazo de mujer de las que mi padre describe como «*una gachí de entrar a matar, para oreja, rabo y vuelta al ruedo*».

Cuando estuvo cerca supe que la había visto en el cine; una mujer como esa solo podía ser actriz. Se quitó las gafas. Era ella.

—*My name is Elizabeth Shone. I want to hire your services.*

—*Come on in, we can talk more calmly.*

Entramos. El ambiente estaba un poco cargado de la sudoración previa. Le ofrecí sentarse en las sillas que usan las alumnas para depositar sus cosas, bolsos, etcétera; ella las miró con asco, divina ella, pero aceptó y se quitó el pañuelo, que por un momento creí que se lo ponía de mascarilla para tapar los efluvios de las sudadas alumnas. No lo hizo.

—I want you to kill John Watters.

—Ok, tell me.

Me contó algunas cosas que yo había visto esos días en las noticias; no me perdía a Don Lemon en la CNN, que me ponía un montón. John Watters era el productor más importante de Hollywood y estaba siendo acusado por muchas mujeres de abusos y violaciones; vamos, un tiparraco gordo que se pasaba por la piedra a toda mujer que estaba dispuesta a hacer carrera en ese mundo del Séptimo Arte. Elizabeth Shore había sido una de sus víctimas, y aunque no había dado la cara en público como otras compañeras más beligerantes, #MeToo incluido, quería ver muerto al productor que había reducido su dignidad a ser meros trozos de carne. *«¿Quieres una carrera en el cine?, este es el camino»*. Nos pusimos de acuerdo en el precio, maldito *parné*, y le di mi cuenta para que hiciera la transferencia con el concepto *«Flamenco private lessons»*.

—How are you going to kill him? —me preguntó poniéndose las gafas, y luego se anudó el pañuelo.

—I do not know, but I'm going to make him suffer like a Christ on the cross.

Ella, que debería ser cristiana, no sé si católica apostólica y romana, porque sonrió con maldad, se fue por donde había venido, andando hasta el coche como si fuese una modelo de Chanel en una pasarela en París. Esa mujer bailaría muy bien unas bulerías si se lo propusiera.

Le fui a dar la merienda a la niña, que en una hora yo tenía la clase de las seis y media y hoy tocaba sevillanas. Tenía que avisar a las alumnas de que me había salido un concierto en New York la semana siguiente. Siete días eran suficientes para localizar, plantear y ejecutar a un tipo con la cabeza entre las piernas. Una picha exaltada la del Watters este; a todos los hombres les ocurre un poco eso, es verdad, pero a todo pene abusador le llega su San Martín y a John Watters, a este Johnny sin fusil, le iba yo a cantar su última saeta.

La saeta es un cante profundo y sentido que, ante las imágenes de una procesión de Semana Santa, sobrevuela el silencio de los pasos de las cofradías; es típico escuchar en un balcón a los saeteros que se arrancan fervorosos con su canto. Y al comenzar a oírse, y mientras los asistentes buscan el lugar de donde proviene la voz desgarradora, el capataz del paso golpea con el martillo, que ordena a la cuadrilla de costaleros que se detenga en medio de un silencio y sentimiento de devoción.

La saeta es también un cuchillo, una flecha.

Aparqué el coche en Peck Drive a la altura del 9908, en la trasera del hotel Insula, un hotel de lujo, siempre iluminado, siempre con trasiego de gente de dinero y siempre lleno, donde John Watters tenía reservada una habitación permanente, gloriosa, que ejercía de picadero habitual. ¡Madre del amor hermoso! ¡Cuántas mujeres que ahora vemos en las películas han pasado por esa habitación y qué pocas han salido de ella inmaculadas! Cierto es que no había entrado ninguna virgen. Se me estaba revolviendo el estómago como mujer; también es verdad que me había venido el periodo y que esto me ponía más burra.

¿Cuántas realmente tuvieron la capacidad de decidir acostarse con ese seboso por voluntad propia? Alguna seguro, que las tías somos así de imbéciles a veces, que nos encantan los malotes, y a los feos, cuando nos gustan, para justificarnos les llamamos interesantes.

Iba con mis *leggins* y mi camiseta ajustada, de negro; parecía que venía del LA Fitness, la maleta alargada en la mano derecha. Llevaba tres días observando la habitación donde estaba recluido el espécimen de la polla amenazante y los tres días seguían el mismo ritual: en la entrada él esperaba a sus víctimas con el albornoz blanco puesto, mal afeitado; al gachí se le veían unas canillas indeseablemente delgadas y peludas. Luego venía la fase de la duda, cuando ellas miraban horrorizadas a los lados, como preguntándose: *«¿Quién me manda a mí a meterme en esto?»*. A continuación llegaba la decisión, un instante de ansiedad que él aprovechaba para irse al baño a tomar la pastilla azul, la que arma bombeando sangre del corazón, y momento en el que ella miraba la puerta, luego al suelo en su derrota moral, elegir sin elegir: era la cama o no hay películas que cuenten para una chica como tú, que tengo mil iguales donde elegir. Luego se producía el momento que él deseaba, el vis a vis carcelario; el tipo se despachaba a la chica con diez o quince minutos de movimientos desacompasados, espasmódicos, de placer propio; después venía la penitencia, el vestirse con la vergüenza del desnudo postrero. Él continuaba en la cama tumbado mirando y ella se lo ponía todo rápido y se iba con la promesa de un futuro pleno y sintiéndose pegajosa entre las piernas, sucios sus pantis de encaje, que cuando se va a estas citas una se pone lo mejor y más nuevo que tiene. Desgarrador.

El martes había visto a una de esas mujeres presas, que cuando llegó al coche empezó a vomitar la pobre apoyándose en el capó; y por último estaba el momento final, *the end*, donde el susodicho salía a la ventana, ya con el albornoz puesto otra vez, a tomar el aire y a recrearse con una llamada a sus secuaces para que se ocuparan de la fulanita en una prueba con sus bendiciones. Lo tenía estudiado, y los tipos como él son rutinarios y se creen intocables. Ese sería el momento de cantarle una saeta a ese puerco abusador, a su salida al balcón contemplativo.

Es viernes, como si fuera Viernes Santo, el día que se recuerda la crucifixión y la muerte de Cristo. Me santigüé. Mi posición era inmejorable: la terraza estaba mal iluminada y yo vestida de negro; había quitado todos los brillos del metal del arco y mi objetivo estaba comenzando su vía crucis sin saberlo. Comenzaba la Pasión.

La chica del viernes es una treintañera, de mi edad, hermosa, de cabello cobrizo sujeto en una coleta tersa, vestido corto azul oscuro y tacones rojos de diez centímetros. Watters, desde el escritorio, con su albornoz blanco, sentado; le ha dicho que pasase con un movimiento de la mano, tiene delante un pliego de papeles. Debe ser un *script*, cien hojas atrapadas por tres grapas, y ella sonríe al verlo; es el cebo. Él dice algo y ella contesta con cara de desconcierto. Mira asustada a la ventana, al exterior; fuera solo hay oscuridad, él aguarda. Ella se lo piensa unos segundos, da tres pasos, se pone de rodillas frente a él; él se afloja el albornoz, ella baja la cabeza.

Yo aprovecho, me coloco los guantes negros y me dispongo a preparar mi arma. El arco compuesto es un tipo de arco avanzado que utiliza poleas y palas rígidas en lugar de las que se doblan para producir la fuerza del disparo. Hoy he elegido algo que tenía muchas ganas de usar; llevo todo el año practicando. Es un arco precioso, y las saetas, las flechas, son especiales para la caza del jabalí; sin duda he elegido muy bien la forma de muerte de semejante marrano salvaje. Coloco una flecha sobre el reposador y tenso la cuerda; las poleas giran y tensan el cable del *dioter*. Estoy preparada. Dejé dos venablos más, expectantes, sobre el poyete.

Ella seguía entre las piernas trajinando y él miraba al techo, baboso. Observé un McLaren naranja que entraba en el hotel. Cuando volví a mirar ella había terminado y se iba rauda al baño; él se quedó sentado. La chica salió al minuto, tomó el bloque de papeles y se fue.

Cuando salía me di cuenta de que era una actriz muy conocida, sí, de una serie de televisión donde ella es una detective, esa.

Entrábamos en la última fase de la pasión; él se levantaría y saldría a hacer la llamada a la terraza circular del segundo piso con la mesita y las dos sillas blancas de hierro a modo de decoración.

Mis pies iniciaron un taconeo sobre la gravilla de la terraza, un zapateao que iba *in crescendo*. Entonces se levantó con el teléfono en la mano, el hijoputa, que no era mi padre el que lo decía; ahí venía el morlaco blanco y bragado. John Watters se acercaba a su muerte y yo iba a entrar a matar, estoque en mano tenso y preparado. Seguí con el taconeo intenso, él humillado, la mano al pomo, el giro. El tipo del albornoz blanco llevaba su teléfono con intención de hacer una llamada; mis tacones sacaban chispas de los cantos sobre el suelo asfáltico. Le tenía que alcanzar antes de que la señal se emitiera; le quería desangrándose en la habitación sin que nadie se diera cuenta hasta después del paso de las horas; mi pies se detuvieron como un mazo sobre un yunque en su último golpe.

¡Zas! La primera flecha cruzó los cincuenta metros de ancho de la calle Spaldeng y se insertó en el cuello de Watters; un tiro perfecto. Él se quedó petrificado y mirando su móvil encendido. ¡Zas! La segunda saeta, directa al pecho, se clavó en su corazón y lo empujó hacia atrás; él levantó los brazos y dejó caer el teléfono. Comenzó a derrumbarse y yo no quería irme sin un tercer par de banderillas coronando a la bestia moribunda; tenía que ser rápida, iba a desaparecer de mi vista. Coloqué, tensé, apunté y solté. ¡Zas! En todo el escroto arrugado, como firma de recuerdo de todas las mujeres que hubieran querido hacer eso pero que no se atrevieron.

Tres flechas: una le dejó sin voz, otra le dejó sin corazón y la tercera le dejó sin cerebro.

The blood to you gushed
of your divine heart,
and in the cinema, they listened
cries of anguish and pain.
The bells are bending
for the death of their god,
that, nailed and bloody,
agonizes in the corner.

Tengo que ir a casa, tengo a Encarna con la *babysitter* y quiero cenar con ella; esta semana le he hecho poco caso a la niña. Me siento una mala madre, aunque una buena mujer.

III. BULERÍAS

I would like to be the air
para rozarme contigo
sin que lo notara nadie,
I need your heat,
I need your love,
because I'm alone.
Necesito tu calor.
Necesito tu amor
porque estoy sola.
Yo tengo a mi niña,
yo tengo a mi niña,
she has me crazy.
Bonitos sus ojos.
Bonito su pelo.
Bonita su boca.

Las bulerías son un palo del flamenco que está compuesto por doce tiempos. Para mí es de los más alegres; para comenzar y acabar una juerga, culmen. Tiene ese ritmo del tirón hecho para bailar.

Ahí estaba mi grupo de las seis de la tarde de los miércoles, el que más nivel tenía de todos. Unas mujeres muy serias y dedicadas, casi todas ejecutivas que llegaban a clase tarde con la disculpa del tráfico. Aquí en Los Ángeles, el tráfico es disculpa para todo: que si la *fourofive*, que si la *ten*, que si cuarto y mitad de la 110; aquí las *freeways* son la mejor excusa. Te decía que era un grupo bueno, realmente bueno, tardón pero bueno. En este grupo suelo contar con mi padre, que se sienta en una esquina y le pago veinte dólares la hora. Encarna, que se pone con sus lápices de colores y se entretiene sola, venga a fregotear papeles blancos que acaban que parecen los dibujos que hacen los psicópatas; la verdad es que la niña es muy aplicada y se sale poco de las rayas.

A estas mujeres les encanta el sonido de la guitarra mientras bailan; se sienten profesionales. Mi padre comenzó con el compás, rasgó las cuerdas y se arrancó:

Las mujeres son de agua,
las mujeres son de fuego,
las mujeres son de viento,
que empapan la vida entera,
que queman cuando las tocas,
que vuelan cuando no sopla.
Women are water,
women are on fire,
women are the wind,
that they soak the whole life,
that they burn when you touch them,
that they fly when it doesn't blow
¡Ay, Manhattan Beach!

Se venían arriba, se despeinaban, se arrebataban; hala vamos, a bailar por bulerías.

—OK, girls, we start with the right foot and we continue with the left foot, let's go.

Tres taconazos, tum, tum, tum. La llamada por bulerías comienza con tres golpes secos con el pie derecho.

—Immediately thereafter, takes a step forward with your left foot and place the flat foot, then use the heel and then another hit on the right foot. Look at me.

Repetí los movimientos, ellas miraban.

—All together now!

Lo pillaban al vuelo, sobre todo Melania Nikolova; esa rusa tenía alma gitana, *gipsy soul*. Era CEO, la que manda, de una compañía de Artificial Intelligence, que aquí, que son muy simplistas, lo llama AI, lo que, según mi padre, *«parece más un quejío que un trabajo»*. De hecho, mi padre la llamaba así con mucha guasa, *«la Niña del quejío»*, que si no tienes mote no eres nadie en su tierra. *«En Cai tenemos los nombres del registro civi y tenemos los nombres de verdad; a mi primo chico lo bautizaron por la Iglesia, con agua y to, Rodrigo le pusieron, pero al pisha no le llama Rodrigo ni su madre; él era 'El Bajío', quera mu malaje y gafe el gachó, vamos, que tenía la mala suerte en la sangre. Sí, El Bajío era mu gafe, que sí, que de paseo con su pare, un palomo le picó un ojo a mi tío, que pasó de ser Manolo El de la Tere a Manolo El parcheao, ozú. Ese niño, que el primer día de trabajo se quebró la empresa y los echaron a todos pal paro, y que pa soplar velas su propia mare era la que avisaba a los bomberos para estar al liquindoi, be aware, que nunca se sabía de dónde venía el fuego».*

—*OK... we continue. We are executing a step from the sole of the foot to the heel. First with the left foot and then with the right one. We repeat everything... again with both feet.*

Mi padre seguía con la guitarra, dale que dale, con una paciencia infinita, y Encarna en la mesita a su lado colorea que colorea un dibujo que representa a su familia: el abuelo, su madre y ella con la cabeza muy grande en medio, tranquila, a su rollo.

Melania, ¡uff qué elegante es!, qué segura que se la ve al ritmo de bulerías, incondicional esta mujer; que la Nikolova era alumna y también era clienta.

–Let´s go!

Sí, un día se me plantó delante. La mujer había llegado sospechosamente diez minutos antes; yo estaba dándole la merienda a la Encarna, que le había machacado un plátano, que el potasio es estupendo para el cuerpo. Ella, con mucho acento de Rusia.

–Lola, I'm looking to take revenge on someone.

Dejé el plátano *machacao* en el plato y le di una galleta a la niña para entretenerla mientras platicaba.

–Tell me, Melania Nikolova.

Ella, un temperamento de mujer, se me echó a llorar; que las mujeres somos muy vengativas pero muy sensibles, y las rusas que conozco, tras esa apariencia de polo de limón que tienen, son por dentro un *hot brownie.*

Ahí estaba, contándome a moco tendido su trauma, que le pasé el rollo de papel de cocina entero para que se sintiera más libre; con lo bien que le iba con la AI, lo mal que le iba en el amor. Después de salir con un chico de Pasadena durante un año y dos meses, fecha de boda cerrada, vestido de novia y catering contratado, Dexter Jones la había dejado plantada hacía dos semanas y se había quedado con la casa que habían comprado a medias –ella había puesto más de la mitad–, y que habían registrado a nombre de él, por aquello de los visados, que ella tenía una O-1 y al casarse le darían la *green card* y todos esos líos. Y ahora no tenía nada; ni explicaciones tenía, estaba tirada. Él le había cambiado la cerradura a la puerta; se había quedado lo que se dice compuesta y sin novio americano. Que con el dinero que ella había puesto, él se había comprado una Harley. Melania quería venganza, que para la venganza ella era muy rusa, y yo la entendía, que no se puede dejar a alguien si le has hecho la promesa y tiene la comida ya con la mitad pagada por adelantado. Una mujer no rompe sus promesas: ¿qué sería del mundo si las mujeres rompieran sus promesas? Tenemos el mundo que tenemos porque los hombres lo hacen continuamente, pero nosotras no; en todo caso solo las rompemos una *miajilla*, casi *ná*.

Dexter Jones era un hombre al que no queríamos, un inseguro o un aprovechado, o las dos cosas, un tipo que las mujeres aborrecemos, que para ambas cosas ya estamos nosotras.

Cuando terminamos nuestra conversación y el trato entramos en clase como si nada, ella impertérrita, que es una palabra que un americano no diría nunca; *unshaken* tampoco lo dicen mucho aquí.

En Pasadena no hay muchos sitios adonde ir; lo tienen todo concentrado en Colorado Street, una calle tan larga como un paseo por el purgatorio. Mi padre siempre decía: «*los de Pasadena son más listos que los ratones coloraos. Te voy a contar un historia verídica sobre la contribución flamenca en la teoría de la evolución humana de Darwin. Carlos, el susodicho, dice que estaba con un gachí que era mu flamenco, de Sevilla era, Rodrigo Sánchez, que como no era de Cai no tenía apodo, y viajaba con el Darwin ese, el evolucionado, en un barco que tenía nombre como Miguel pero con b y con acen-*

to en la i, Beagle; y ese Darwin, que se fijaba más que un árbitro de fúrbol en tercera división, dijo un día en inglé: 'In the Galapagos Islands, the only rodents who escape from snakes are the reddish mices' y el miarma que salta con un: 'Charles you're even smarter than the reddish mices!' Por la gloria de mi mare».

Al tal Dexter Jones me lo encontré sentado en un restaurante orgánico tomándose una ensalada de quinoa y remolacha con una chica más bien feíta; vamos, que el tipo era un *desaborío* para la chicas y la comida, no se le veía como uno de estos ratones colorados que se salvaban de las serpientes en las islas Galápagos. Era ratón, *pelao*, de esos a los que las serpientes se los comen como si fueran pipas mientras dan un paseo por las islas; más bien bobo parecía, que cuando lo vi me dije: ¿qué hace una tía como la Melania Nikolova, con esa elegancia innata que ella tiene, con un cretino de este calibre? Ella, con su CEO, su AI y su sabiduría, con un tontolaba de media *bofetá*, que hasta me daba pena matarlo; que yo pensaba: ¡qué bien chiquilla que no te has casado con eso! Que te ha hecho un favor dejándote, que vengarse de este despojo es como abusar de un padre; que más que pidiendo venganza tenías que estar de traje de volantes bailando en la feria celebrándolo. Pero las mujeres somos así: como te me cruces, te me cruzaste. Nada más verlo me dije para mis adentros: más que abandono a la Melania, lo que este tío estaba es *cagao*; se la *jiñó* con semejante hembra a las puertas de su vida.

Y me imagino que lo de la Artificial Intelligence también le tenía *arrugao* al pobre.

Pero bueno, es que una es una profesional y el tal Jones tenía que morir; que si se lo digo a mi padre canta por bulerías con una rima fácil para el apellido de Dexter, muy de tío:

> *Dexter se va a morir,*
> *Dexter is going to die,*
> *le ha tocado los ovarios*
> *a una rusa con un AI*
> *que ha mandao que a Jones*
> *con ese apellido que tiene*
> *le corten los cojones.*
> *Mira la rusa callada,*
> *Más lista que los ratones*
> *coloraos...*
> *And Dexter is going to die.*

Hay diferentes teorías sobre el origen del nombre «bulerías»: unos dicen que viene de burla, burlería; otros de bulla, bullería, follón; también hay quien lo atribuye a fulero, fulería, algo feo, en mal estado. Pero yo estoy convencida de que viene de bulera, de engañadora. Jones moriría en un engaño; ni se iba a enterar el infeliz.

Para matar a alguien tienes que conocer su rutina; siempre lo digo, es verdad, insisto. Y Dexter salía cada mañana a las ocho cuarenta y cinco, se subía en la Harley y se iba al Starbucks donde se tomaba un café sentado, a la española; de ahí al despacho de abogados donde trabaja, a apenas dos millas de allí, y todos los días a las cinco iba con su moto al *gym* y de ahí a las seis y media a casa, calles tranquilas. No era un tipo con mucha vida; sigo sin saber lo que había visto Melania en él. Hice el recorrido una mañana con la niña en el carrito y me fijé en todos los detalles. Encarna se cansaba mucho después de dar cuatro pasos y era sentarse en la silla y caer dormida la chiquilla.

Lo vi claro. Hoy estaban los obreros de la Power colocando cables que atravesaban de un lado a otro la calle. La crucé contando los pasos, metí a Encarna en el coche y nos fuimos de compras a Home Depot, que ella disfruta en el carrito de la compra como si fuera Dicaprio en la proa del Titanic. Compré cable fino, 43 *feets*, unas abrazaderas de velcro, unos alicates buenos, un chaleco fluorescente naranja, un casco en forma de platillo volante y esperé al viernes; los viernes son buenos días para matar para mí: no tengo que dar clase y la *babysitter* o mi padre se quedan con la niña hasta las siete y media; él a las nueve entraba en el tablao de Long Beach. Hoy se había quedado él; me daba tiempo a matar y volver a casa.

Seis de la tarde del viernes. Los operarios de la compañía de electricidad seguían con el recableado de la zona y estaban recogiendo para continuar el lunes. Esperé en el coche; en el asiento del pasajero tenía el cable preparado con unas abrazaderas de velcro sujetas en cada extremo y unos alicates.

En el otoño el sol caía antes. A esa hora, en la dirección en la que vendría tendría los ojos guiñados y apenas pasaban por ahí uno o dos residentes; era una zona de tránsito muy local.

La furgoneta con los tres operarios se fue. Salí del coche, me coloqué el chaleco y el casco, cogí el instrumental, el rollo de cable y los alicates. Crucé la calle y llegué al poste de madera de cinco metros de altura, abeto. Primero ajusté una abrazadera bien apretada al palo para que el alambre quedara situado a la altura del cuello; Dexter era más o menos de mi altura. Comprobé que la abrazadera estaba bien agarrada y crucé al otro lado de la calle soltando cable, dejando que los coches pudieran pasar por encima sin percances. Pasaron seis coches, ni uno más; las aceras estaban vacías, que aquí en Los Ángeles se camina poco: para hacer ejercicio la gente tiene en sus casas máquinas para caminar y no ir a ningún lado. Coloqué la otra agarradera; solo quedaba tensar y ajustar con los alicates. Esperé con el traje de faena luminoso puesto.

¡Ahí venía! Previsible, como todos los hombres, por el mismo camino, tomando la calle como un miura encasquetao, zambrano, cuernicorto, de cuello hundido, encorvado y con querencia a la derecha.

Y ahí empecé yo con mi arte, con tres golpes de tacón sobre el cemento al ritmo de bulerías, que templé la cuerda, arremetí la abrazadera con el alicate y el cable se estiró como una guillotina de acero cruzando la calle.

El morlaco venía agachado, humillando, y yo que me separo, me despojo del casco, la montera, y me quito el chaleco fluorescente, la muleta, que él me mira; yo, una chica que va a su encuentro, y él, que se yergue como un pavo. Tenía que estar a la altura, que si no se me escurre por los bajos. Ya estaba en posición, y yo que lo miro, arrebatada, embrujadora, que con el casco no le veo la cara pero sé que me está mirando a contra sol, como se miraba a la sultana en la Alhambra de Granada, y ahí se queda, *embobao*, burlado por una mujer, viendo a una chica que le sonríe desde la acera, hinchado el pecho del *fitness*. ¡Chasss! y es lo último que vio.

La cabeza con el casco se desprendió del cuerpo y la moto siguió por la calle todo para delante, para horror de una señora mayor que paseaba un Setter, que miró con los ojos saliéndosele de las órbitas a un motorista sin cabeza pasar a su lado hasta estrellarse contra un árbol veinte metros más adelante; el casco con la cabeza dentro fue rodando hasta la entrada de un garaje. Yo rauda que quito una abrazadera, que quito la otra, que todo al coche y que salgo pitando camino de casa, que mi padre se tiene que ir antes de las siete y media y es que el trafico está fatal a esta hora, y que voy a ir muy justa, y que quiero ponerle el termómetro a la niña, que esta mañana la he visto un poco floja, y que mañana tengo que preparar la clase de sevillanas, y que le tengo que poner un mensaje de WhatsApp a Melania Nikolova diciéndole: «*stop crying, he will not make any woman suffer anymore*». Tengo que hacer millones de cosas antes de acostarme, que quiero dejar planchadas la sábanas bajeras, poner a hervir las verduras; tengo las uñas hechas un cristo y la lavadora no está aclarando bien. Las mujeres siempre vamos apuradas, perdiendo la cabeza todo el día.

> *Tú me dejaste sola,*
> *tú me abandonaste a mí,*
> *y ahora yo me vengo,*
> *y ahora Dexter Jones*
> *yo me vengo de ti.*
> *Cabecita loca,*
> *cabecita guapa,*
> *crazy little head,*
> *pretty little head*
> *to Buleria's beat*
> *you will this world leave*
> *for humiliation of women*
> *Hoy me encuentro sola*
> *Y tú no estás junto a mí.*
> *Pero mi venganza*
> *te llegará algún día,*
> *y perderás la cabeza*
> *viéndome a mí ser feliz*
> *Lolailolail, Lolailolailo,*
> *seeing me being happy...*

IV. SEVILLANAS

Something dies in the soul
when a friend goes.

Cuando un amigo se va
algo se muere en el alma
cuando un amigo se va
algo se muere en el alma.

Cuando un amigo se va
y va dejando una huella
que no se puede borrar
y va dejando una huella
that can´t be erased.

Don´t go yet
Please, don´t go
no te vayas todavía
no te vayas por favor
que hasta la guitarra mía
llora cuando dice adiós.

Hoy tengo un día muy melancólico, llorón, de lágrima fácil. Estaba bien, pero fue dejar a Encarna en el *Preschool* de Manhattan Beach y entrarme una llorera en cuanto me senté en el coche que no podía parar; me vino a la memoria todo, que si la muerte de Adam, que si el atropello de mi madre en Wilshire con la Tercera, que si soy una mujer sola con una niña, y mira, que la niña que se me hace mayor aunque tenga cuatro años y empieza a ir al colegio, que en este país son unos obsesos con los estudios de los niños y cuando cumplen los dieciocho se van de casa con la excusa de la universidad, y hala, que si te he visto no me acuerdo. ¡Ay qué mal rato que pasaban las otras madres! Me veían llorando y me miraban como diciendo: «*Look at her, she's naive, she still does not understand that this is the first step for women's freedom*». Sonreían y se iban pitando al *gym*, que aquí en California son muy de pesas y de elíptica, que es como hacer esquí de fondo en bicicleta estática. Que mi padre cuando los veía me decía: «*Paecen los sobrinos malos de Chuki Norris pillando el tren de San Fernando que cogían un seguío que se movían asín de achuchaos, haciendo el chucuchú a carajo sacao. ¡Se van a quedá muertos los hijoputas!*».

En la vida de una mujer todo está mezclado; es como si cada cosa estuviera unida por hilos invisibles que solo la mujeres vemos, lo que mi padre llama *«las mujeres sois abarbetás, un empoderamiento mentá que da gloria verlo, aberruntando to el día, na de baldeo, de fueraparte en fueraparte; una reunió de parientas es más peligrosa que una reunión del Kukuklán ese, que como hagan la reunión anuá en Cai en Semana Santa pasan desapercibíos con esos capirotes que veo en los filmes».*

Que dejar a la niña en el cole es una liberación; que quiero que me entendáis, pero es lo que significa. Que se hace mayor ella, que me hago mayor yo también y llevo sin echarme una alegría real al cuerpo desde que se murió Adam; si digo real es real, de carne y pelo, nada de vibraciones mecanizadas, de esas tampoco, que yo no soy mucho de satisfacerme a mí misma, *na* de *na*. Alguna vez tuve alguna oportunidad aislada, pero lo que me encontré me quitó las ganas; hasta mi propio padre me animaba a echar una canita al aire, que ya tengo edad para decirlo. Que las primeras ya me han salido, las canas, digo, que cada tres semanas me ves con el cepillo dando color a las raíces, que es lo que más se ve.

Os cuento lo de mis *blind dates* porque han sido de un surrealista las tres que asusta el percal que queda suelto. Me refiero a hombres sin compromiso; los disponibles están todos para llevarlos al zoo y meterlos en jaulas y que les echen de comer cacahuetes. Yo no estoy interesada en casados pero tengo una amiga que me dice que son los mejores para el alivio; que lo haces y si te he visto no me acuerdo.

El primero, Jirair Metavosian, un armenio bajito y compacto; que los armenios tienen fama de buenos luchadores pero no hay ninguno que juegue al baloncesto. Me lo presentó, no recuerdo bien si una alumna de clase. Jirair era muy amable y lleno de preguntas sobre el flamenco, muy interesado, buen hombre sin duda, conversador, nariz prominente, muy grande, pero yo desde que se me sentó enfrente en la cena estuve rayada toda la noche, y no por su nariz; yo no hacía más que mirar la mata de pelo que le florecía por el cuello. Llevaba un suéter y yo nada más veía el pelo que le rebosaba hasta de entre las costuras de la ropa; me estaba poniendo mala de tanto pelo, que hasta notaba que el suéter estaba acolchado por la capa velluda oculta de Jirair. Se había quedado en la mitad de la transformación a hombre-lobo un día de luna llena. Nada más imaginármelo desnudo me daba un no sé qué, que la libido, si la hubo, había salido corriendo de aquel lugar selvático; creo que después de estar con un depilado como mi Adam la vuelta a las cavernas es muy dura. Entiendo que es cuestión de acostumbrarse, pero para mí era un poco tarde.

Cuando Encarna tenía tres años salí un par de veces con un coreano del sur, Sook Park, hermano de Suni Park, una alumna del grupo de los lunes a las tres. El hombre tenía una sensibilidad a flor de piel, hasta afeminado me parecía, un encanto de persona. Hacía Ikebana, que es un arte floral japonés muy antiguo; manos delicadas y uñas cuidadas, que aquí en California hay una afición a las *nails* que asusta. ¿Cariñoso? Todo y más. ¿Atento? Mucho, pero bebía demasiado; cuando se ponía nervioso se metía dos *shots* de sake, licor de arroz, y caía derrotado, que ya los coreanos están *guiñaos* de por sí que cuando bebía sake los ojos de Sook eran dos puñaladas traperas; él me decía que era ver a una mujer y ¡hala todo para dentro! Yo, la segunda vez que le pasó le recomendé ir a AA.

La tercera intentona se llamaba Luis Alfonso Salvatierra, un mejicano que me presentó mi padre. «*E un pisha mu chuchero, está rebajao de una pierna pero con mucha gracia con los brazos, ole; que se mueve con más salero que Enrique El Cojo el hijoputa. ¡Qué arte! y sin amortiguadó que va el gachí*». El tal Luis Alfonso era cojo, vamos, que sentado no se notaba y a mí no me importaba, pero de pie pendulaba al andar. Fuimos a cenar a la taquería El Coyote, me acuerdo: fajitas, pozole blanco, quesadillas, mole, enchiladas y chiles en nogada. Él insistió en el cochinillo pibil; salimos de allí con un dolor de estómago que tuve que correr a casa y estar una hora sentada en el baño, uff atascada... Luis Alfonso quería agradar y pedimos el repertorio gastronómico mexicano entero; solo dejamos el caldo de camarón para otro día, lo que se llama una *jartá*. Y luego estábamos para nada, y para eso menos; que dejé a Luis Alfonso andando por la acera con una oscilación de ocho puntos sobre la escala de Ritchter.

Fue llegar a casa y elegir entre sesión de llanto, de esas que a las mujeres nos gustan tanto, que nos ponemos cómodas, mayormente algodón, con lo más cómodo y viejo que tengamos en el armario y tapadas hasta la cabeza, sin ganas de pintarnos las uñas, tres barras de chocolate con almendras a mano y a comer compulsivamente. Aquí las americanas son más de cubo de helado de vainilla y ver *Pretty Woman* en Netflix, pero a mí me da dolor de cabeza el helado frío y Richard Gere también. Podía elegir y ponerme el traje de faralaes, agarrar las dos Sig-Sauer P-226 que tengo en el armero y practicar a ritmo flamenco; hoy elegí esto último, que la melancolía bien canalizada da mucho juego en el arte del asesinato.

Me puse de rojo y lunares blancos con cola larga, arrastrando tela, que una se viste para gustarse, me apreté fuerte la coleta, me hice un moño y me lo coroné con un clavel bermellón. Me fui al estudio, donde tenía mucho espacio y los espejos para mirarme. En el MP3 puse las sevillanas de Los Amigos de Gines. Empecé por la más famosa: «*Algo se muere en el alma cuando un amigo se va*». Agarré las dos *weapons*, y aunque las sevillanas son un baile en pareja, a mí me gusta bailarlas sola, de viuda, e imaginarme a Adam, patitieso como buen americano de Montana, que me mira ensimismado y me recuerda el día que me llevó al huerto en aquel Prius híbrido suyo, que no tenía nada de romántico pero que lo teníamos a mano para darnos un apaño. ¡Que ímpetu el de ambos!

Las sevillanas son un baile que representa una historia de amor. La primera copla es el encuentro; ella se mueve insinuante y él, pues lo típico: se mueve orbitando sin entender todavía que es ella la que dirige todo el cotarro. En la segunda tanda, ella le ve tan entregado que se desentiende del hombre, que no nos gustan las cosas fáciles y sencillas, y las pasadas son de espalda. La segunda es más lenta que la primera pero más separada la pareja, que corra el aire, y donde ella pone sus condiciones a ese amor: lo hace con su taconeo. La tercera copla es el engaño; se recortan distancias, los perfiles se rozan; es casi una tragedia griega: los giros son violentos y las miradas se clavan como alfileres en la piel del otro; duele, que para las mujeres el amor duele. Y llegamos a la cuarta, una copla donde se busca la calma. Ya me conoces, conoces mi genio; los pases son de frente, de careos y besos, de abrazo final. Las sevillanas son todo un drama.

> *Algo se muere en el alma*
> *cuando un amigo se va...*

Y me arranco, sola, faraónica, agarrando por las empuñaduras las *twins*; así llamo a las dos pistolas semiautomáticas de acerrojamiento por bloqueo mecánico; mi cuerpo tenso, rígido, apretando todos los músculos del cuerpo, que mis manos se caracolean haciendo suyas las extremidades de hierro y las cachas de plástico negro se pegan en la palma de la mano; que hasta un *psycho* podría leerme las líneas de la mano y ver cómo cambian a cada segundo entrelazándose la vida y la muerte. Y me muevo al ritmo, apuntando a todos lados en cada vuelta, en cada giro, sin seguro, con el índice sintiendo el gatillo de tacto suave; quince disparos en nueve coma seis segundos, las falanges preparadas. Todo mi cuerpo se mueve armónico bailando con un fantasma, con un ser invisible. Se termina la primera copla.

> *Un pañuelo de silencio*
> *a la hora de partir.*
> *At the time of departure*
> *a scarf of silence*
> *a la hora de partir*
> *un pañuelo de silencio*
> *a la hora de partir.*
>
> *A la hora de partir*
> *because there are words that hurt*
> *and you shouldn't say ...*

Yo estaba tan concentrada con mis pistolas, amaestrándolas, haciéndolas mías, cuando en un giro veo un dibujo que Encarna había hecho y que ella misma había puesto en la pared con un celo, en el rincón donde ella solía pintar, junto a la silla de rejilla de mi padre. Me paré y me acerqué. De derecha a izquierda, el abuelo Macareno con una cosa que parecía una guitarra, ella en medio con la cabeza muy grande y una sonrisa, y luego yo, con falda larga negra y una L negra en la mano. Me detengo, me acerco y veo que es un arma y no una L; tiene gatillo.

–*¿Case?*

Macareno Ramos, mi padre, me observa desde la entrada. Yo con mi traje flamenco y las pistolas en las manos.

–Bailar, que he dejado a Encarna en la guardería y quería practicar un poco, ya ves.

Él, inalterable.

–¿Y las pipas? –señala las pistolas con la barbilla recién afeitada, luego se rasca la nuez; cuando mi padre se rascaba la nuez era mejor no mentirle.

Paré la música.

–Practicando...

–Como no sea practicando el baile de San Vito... Lola, hija, que me gustan tan poco las armas que no canto ni el dónde están las llaves *pa* no *tené* que *decí* matarilerilerile, matarilerileron, que me da un yuyu lo de *matá* que no puedo con mi *arma*; que cuando te fuiste del *Febeí* lo fui a *celebrá* tomándome una caña, por la gloria de España.

Me quedé mirándolo, como una niña a la que la están castigando por haber sacado malas notas. Yo nunca le había dicho a mi padre ni mu de mi segundo trabajo.

–Eh, ah, empieza a soltar trinos por esa boquilla que Dios te ha *dao*, y no se te ocurra abuchearme que soy tu *pare*, y ejerzo de *mare*, abuelo y primo segundo.

Yo seguía con las armas en la mano.

—Deja eso niña, que pareces Chu Norris a punto de *invadí* Rusia.

Las dejé en una silla y desentumecí las falanges apretando las manos; sonó el ¡crac! de las articulaciones.

—Papá, soy una sicaria.

—¿Una qué? Me suena a la *miajita* de pastilla esa *pa endulsá* el café.

—Soy una asesina a sueldo.

—¡Madre de los desamparados! ¿Con qué compañías andas *metía*? María Dolores de todos los mártires oblatos Ramos Olomo, que si tu *mare resusita* se muere del disgusto.

—Mamá era una *sniper* del Ejército; ella también tenía que matar, mataba para la *Army*...

—¡Válgame Dios! ¡Que esto es *ginético*! Que tu santa *mare*, que Dios la tenga en su gloria, era una *uniformá* y con licencia para *matá*, una *pofesional* del gatillo. ¡Ay mi gitana con puntería! Qué nostalgia, que nos ha *salío* una hija pistolera —miró al cielo, se besó un dedo y lo alzó a modo de saludo.

Creí que le daba un síncope. Me acerqué y le ayudé a sentarse.

—Papá, soy una profesional y solo hago trabajos para neutralizar a los malos.

—¿Pero que cómo que «solo hago trabajos»? Pero ¿llamas a eso *trabajá*? Pero ¿tú estás *chirumba*? Si eso es trabajo, ¿Charles Manson qué es? ¿Ministro de empleo? ¿*Neutralizá* dice?

–Hay mucha gente mala que no merece vivir, que hace daño; yo solo corto mala hierba.

–¡Hay virgen del puñal *clavao*! Que encima de asesina me ha salido jardinera poeta. *¡Cortá* la mala hierba! A ti te ha dado un telele de tanto baile, que el flamenco son muchas vueltas... Mira, Carmen la de Ajoblanco, que se retiró a los cuarenta con chepa, *bipolá* y un ojo que se le iba *pa* un *lao*, se había *pasao* bailando en el tablao de Emilio el Moro desde que tenía dos años con su *mare* La Chunga de Motrí, ¡uff!

–Cálmate, estoy bien, me pagan bien y Encarna está bien.

–Nada, a *pelú*, viva la vida alegre y divertida que estamos todos bien de la azotea. Mira la niña *bacileta* que se las busca de *comboi* de las *muvis*, con un *currelo chungaleta*, que si te mandan a la *trena* la Encarni se queda con el abuelo... Bromas aparte, si te condenan a la capital, Encarni y un presente *guashinai* nos vamos de *peo*.

–Tengo una cuenta especial con un millón de dólares por si me pasa algo, para que no os falte nada.

Macareno Ramos se quedó en silencio rumiando lo del millón de dólares y se santiguó.

–¡Joé Lola, sí que te rinde el tiempo, chiquilla! ¿Un millón *dice*? Soy un juancojones con dos perras chicas a tu *lao*. Y dime, ¿no necesitas un *chicuco*? Que yo dejo la guitarra y me pongo a darle al pulpo hasta que confiese que *e* republicano.

Me entró la llorera al verlo tan de padre, tan entregado a la causa.

–No llores *cundi*, que me estoy *coscando* de *to* ahora, me importa un *caneco* el mundo si tú no estás, *bulilla*. –Me pasa la mano por el pelo y me quita las lágrimas con el pulgar–. Si eres asesina, por lo menos que seas de las buenas, que mi primo El Ajolá intentó *matá* una gallina *pa* la sopa, le dio el *garrotín* y el bicho salió corriendo, sin cabeza, al carajo *pipa*, *to* alborotado por la calle, que parecía que iba a la Olimpiada del Puerto, y no lo pillamos hasta que se quedó *apiolado* en un muro. El Ajolá se quedó con la cabeza del pollo en la mano que lo miraba *malumbrao* el *bisho*, ozú.

Me fui a cambiar. Hablar con mi padre me había venido bien; el secreto de confesión es lo que tiene, que compartes la culpa. Guardé las *twins* en el armario de hierro con cerradura y me puse un pantalón corto y una camiseta en la que ponía «mala mujer». Nos fuimos dando un paseo hasta la playa; ninguno de los dos tenía que hacer nada hasta las dos, hora a la que me tocaba ir a por la niña.

Y le conté con pormenores los asesinatos cometidos. La coincidencia de la muerte de Dexter Jones y de la muerte del pollo por obra y gracia de su primo El Ajolá le convenció de que de lo mío me veía de sangre, inevitable era.

En la playa había poca gente a esa hora. En el Pier, dos hombres se daban un beso; sus caras me sonaban, que cuando se echaron a andar de la mano me di cuenta de que eran Sook Park y Luis Alfonso Salvatierra; de este último no tenía duda. El tipo llevaba una calza para amortiguar la diferencia de altura entre los dos pies y aun así oscilaba un poco, estoy casi segura de que eran ellos, y me alegré de que por lo menos ellos hubieran encontrado el amor. Ojalá les dure y que Luis Alfonso no le lleve a comer a Sook a El Coyote, por Dios, y que este no se ponga nervioso y beba sake como un descosido. Mi padre miraba a otro lado, al culo de una chica en bikini con la bandera americana. El Pacífico rompía con fuerza sobre la arena y un surfista intentaba agarrar una ola que rompía sin conseguirlo; con la niebla de la mañana no se veía la isla Catalina, a la izquierda, más allá de la península de Palos Verdes.

V. + SEVILLANAS

Cuando se aleja en el mar
el barco se hace pequeño
cuando se aleja en el mar.
El barco se hace pequeño
cuando se aleja en el mar.

Cuando se aleja en el mar
y cuando se va perdiendo
qué grande es la soledad.
Y cuando se va perdiendo
qué grande es la soledad.

Don´t go yet,
don´t go please.
Don´t go yet
that even my guitar
cries when it says goodbye.

Cuando entré sabía lo que me esperaba. Tras la puerta había al menos una docena de hombres armados de gatillo fácil y sin contemplaciones de si eres mujer y cosas de esas.

Tenía en la mano una Beretta ARX 160 que había conseguido por mil dólares en el mercado negro de Tijuana procedente del estraperlo del Ejército argentino, con treinta proyectiles; llevaba las dos Sig-Sauer P-226 con quince disparos cada una, que hacen un total de sesenta disparos. Pues sesenta entre doce me salen a cinco tiros por narco.

Abrí la puerta con delicadeza, que a lo mejor estaban los tipos esperando un bombazo, y me aparté a un lado. Silencio, ningún disparo, ningún ruido.

> *Ese vacío que deja*
> *el amigo que se va.*

Y me arranqué por sevillanas. Aparecí como una tormenta en el marco de la puerta y mi Beretta comenzó a escupir fuego como si fuera un redoble de tambor. Entré directamente en la tercera copla de la sevillana; empecé con el giro brusco sorteando las balas que me buscaban en el centro, agachándome para iniciar el paseíllo tenso, sin perder el contacto visual de cada uno de los tíos, que comenzaron a responder a mis requerimientos a tiros.

El amigo que se va
ese vacío que deja
el amigo que se va.
Ese vacío que deja
el amigo que se va.

La buena postura del cuerpo arqueándose, de una mano armada a la otra haciendo de contrapeso, que la orgía de balas iba aumentando y la sangre, los cristales y la piedra iban salpicando cada rincón de la estancia. Noté la bala entrando en mi brazo pero no cambié la coreografía y al individuo que me disparó lo señalé con mi brazo de la muerte, que le escupió la última bala del cargador.

El amigo que se va
es como un pozo sin fondo
que no se vuelve a llenar.
Es como un pozo sin fondo
que no se vuelve a llenar.

Mirada alta y mentón al frente, alto, hombros hacia atrás y el pecho fuera; mis brazos se movían arriba y abajo al ritmo de las balas, los disparos salían certeros. Yo no paraba de voltearme, de revolverme.

Sentía el hierro empotrado en el bíceps, pero estaba en medio del arrebato y pararme era morir; a este le acerté en la frente, a aquel en la boca mientras me gritaba: «¡*Chinga tu madre*!», y a aquel de más allá le disparé al muslo, donde le reventé la aorta, igual que a un torero empitonado a las cinco en punto de la tarde.

Cuando bajo la mano, lo hago hacia fuera, y cuando la subo, el movimiento lo hago por dentro. Paso al frente y brazo que baja con arte, disparando tres proyectiles contra ese que está cargando y que se queda a medias.

Todos habían caído, todos menos uno.

No te vayas todavía,
no te vayas por favor.

Ahí estaba, delante de mí, asustado, más bajito de lo que me había imaginado, con esos bigotones de punta caída que tanto les gustan a los mexicanos, muy mariachi él. Al verlo se me vino a la cabeza una sevillana muy burlona que dice: «*Me casé con un enano pa jartarme de reí*» y sonreí.

Emilia McArthur me había contratado para acabar con este facineroso que tanto daño le había hecho a su hijo. Me fijé en sus manos; se mordía las uñas, que las mujeres siempre nos fijamos en las manos y en que si lleva anillo de compromiso, y no lo llevaba, pero llevaba una sortija muy grande y horrorosa con la cara de un indio apache en la mano que sujetaba un revólver dorado, muy hortera para mi gusto; humeante, había disparado seis tiros en el tiempo que yo había apretado quince veces el gatillo de la mano izquierda y catorce el de la derecha. Que las mujeres somos capaces de disparar y llevar la cuenta, que esto es más fácil que llevar las cuentas de casa y todo el trabajo doméstico, que, a propósito:

–Tengo que llamar al servicio de asistencia técnica de la lavadora, que no se me olvide.

Eso que yo creí que había pensado para mis adentros, se lo había dicho en voz alta a Jacinto Madrazo, el despiadado criminal, el Chapo del Norte, que como es natural se quedó muy desconcertado con mi comentario de ama de casa; que es lo que tiene el cerebro de la mujer que no descansa y la lavadora lleva unos días lavando mal; la ropa sale poco aclarada y con rastros de jabón.

–¿Quién te manda, puta culera?

Yo le apuntaba a la frente para un tiro rápido y que no sufriera uno de los mayores criminales que tiene el cartel del norte, pero cambié de opinión, mira por dónde, y le apunté a sus partes, que no me gustan esos insultos; una grosería después de haber matado no a doce, sino a catorce de sus mejores hombres cuerpo a cuerpo y al ritmo de sevillanas. Que me llame *«puta culera»*, pues no, que hay que mantener la clase y las formas, que el tipo es un forajido en busca y captura por la DEA y yo una profesional de esto. Esto no es una pelea callejera; si me hubiera dicho, *«chingadera, pendeja, cabrona, verga o poluta»*, hubiera seguido apuntando a su cabeza. Pero no lo hizo; eligió las palabras erróneas, y las mujeres somos mucho de palabras, de lo que has dicho y de lo que has querido decir. Al tipo le cambió la cara, aterrado, desesperado, suplicante, cuando el cañón de mi pistola bajó treinta grados; que irse al infierno con el manubrio agujereado como que no le gustaba. Yo creo que los hombres piensan que van a poder seguir usando el miembro una vez muertos; dándole y dándole en el ataúd, bajo tierra, a oscuras, ellos solos, onanismo en estado puro. Cómo son; siempre pensando en lo mismo...

Polvo eres y en polvo te convertirás.

Hice un gesto sutil, muy elegante con los dedos, un abanico, para adornarme en el descabello y disparé.

¡Bang!

–¡Ayyyyyyy! –Jacinto Madrazo gritó lo que parecía el comienzo de una soleá; también podía ser un fandango, pero era más soleá.

Moriría en unos segundos; ahora sufría. Que para el cante jondo hay que haber sufrido para sacarlo de tan adentro, del alma, o de los... genitales en su caso.

> *No te vayas todavía*
> *que hasta la guitarra mía*
> *llora cuando dice adiós.*

Me miré el brazo; la sangre espesa corría hasta llegar a la P-226 y goteaba; todo el lugar estaba hecho un asco. Enfundé las *twins* y me agaché a cogerle el cinturón a uno de los muertos para hacerme un torniquete a la altura de los sobacos; que nosotras no usamos cinturón, bueno solo como adorno. No lo necesitamos; llevamos pantalones ceñidos, apretados a la cadera, que un hombre no puede porque las lorzas le sobresalen, y además un tío con los pantalones tan ceñidos, además de marcar paquete, que queda muy ordinario, deja los tobillos al aire enseñando los calcetines de colores, esa moda tan hípster; no me gusta nada.

¡Qué mareo! Le di dos vueltas al cinturón de cuero y apreté fuerte, que las mujeres tenemos el umbral del dolor más alto que el resto de los humanos.

Tenía que ir rápido a la consulta de Luciano Torres, Lucho, un veterinario de la zona que sabía cómo extraer los cuerpos extraños de la carne, la balacera. Luciano, con su parche negro sobre el ojo izquierdo, era toda una leyenda en la zona de TJ, que los californianos la llamamos así para hacerla más cercana, Tijuana. A mí me recordaba a la historia que contaba mi padre de su primo El Bajío, y de su padre, Manolo El Parcheao, al que le picó un palomo en un ojo. Luciano perdió el globo ocular de un disparo, según cuentan; el proyectil continúa alojado en la córnea y cuando se levanta el parche de pirata muestra la pupila de acero, que es como la de Terminator; eso dicen, «*I´ll be back*».

El sitio estaba bastante limpio; mucha jaula pero limpio para ser un lugar para curar perros, gatos y canarios. Ya lo conocía; me había extraído una bala del estómago hacía unos seis meses. Es lo que tiene ser una sicaria, que una bala no te la quita nadie.

No creo que el servicio técnico de la lavadora esté abierto hoy sábado; tendré que esperar al lunes a que abran. Mañana lavaré todo esto a mano, que siempre queda mejor; las manchas de sangre salen con el jabón de pastilla, el de toda la vida y a base de polvo de uñas.

Cuando abandonaba la estancia me miré en un espejo; tenía el rostro lleno de sangre. Me pasé la manga y algo me quité, pero no todo; también me corrí el carmín de los labios. No tenía el *shosho pa* ruidos.

VI. SOLEÁ

Presumes que eres la ciencia
y yo no lo entiendo así
porque siendo tú la ciencia
no me has comprendío a mí.

En la ley que profesamos
tú me quieres y yo te quiero
pero nunca nos hablamos.

Sale el sol cuando es de día
y para mí sale de noche,
hasta el sol va en contra mía.

I felt a chill
when you put your lips,
flamenco, over mine.

Encarna tiene los ojos de su padre, de nariz para abajo es mía, y la gracia y el salero de su yayo Macareno; ciertamente con los Hoover no tenemos mucho contacto, porque están en Montana. Louise, la abuela, nos escribe un *mail* de vez en cuando; nosotras le enviamos fotos, algún vídeo y en *Thanksgiving* la llamamos por Skype, que siempre hace mucha ilusión ver a la nieta cómo crece. Steve, el abuelo, es más suyo y lo de tener una nieta californiana lo lleva mal, que él cree que en California todos somos unos demócratas del infierno, y él lo de «*Make America great again*» es que lo vive con pasión, que tiene en la mesilla de noche una foto de Trump firmada; tiene mucho el rollo supremacista ese en la cabeza, que si los negros, que si los hispanos, que si los musulmanes, que si los rusos, que si tal, que si cual; para él lo importante es tener a alguien en quien «cagarse en sus muertos» y echarle la culpa de todo. Son gente con miedo, miedo a Dios, miedo al que dirán, miedo a perder lo que tienes... Cuanto más tienes, más miedo tienes. Pero el hombre en directo es muy majo; en mi boda, que fue de las pocas veces que le vi cara a cara, estuvo encantador, charlatán, con su lata de Coors de medio litro en la mano, abrazando a todo el mundo. Se portó de forma muy cordial con mi padre. «*You, the Spaniards, have soccer, bulls and nap*». Mi padre, que no es precisamente del Cuerpo Diplomático, le miró de lado: «*Yes it is, three great successes of Spain, everyody envy us, they are like farts, people get annoyed when they are not of oneself, for the glory of the virgin*». Mi padre le dedicó una soleá preciosa que yo le iba traduciendo; que la soleá, aunque se cante en el idioma cristiano, es muy difícil de entender con esas terminaciones alargadas de aiiiiii, ouuuuu y auuuu.

> *Steve, tú eres de Montanau,*
> *y yo soy flamenco de Cai,*
> *yo tengo miii guitarrau*
> *y tú tienes una epístola largau.*

> *Con tanto tiro pegau*
> *con tanto hierro fundíooo*
> *vamo a hacer un puenteau.*

> *Ay Montana del almae*
> *Ay Montana bonitae*
> *se me olvida la vida al verteau.*

Estaba Steve encantado, aunque la soleá era triste. Mi padre a la guitarra en mi mayor, que es la que regula la armonía de este palo. La métrica de la soleá es de tres por cuatro, un compás de doce tiempos, divididos a su vez en dos de seis. Los cierres o remates en las cadencias del compás se realizan sobre el tiempo diez, lo que provoca un silencio muy intenso, solemne, y es en ese intervalo profundo donde cabe un ole con el acento en la O, oole seguido de un *ritornelo* de guitarra.

Adam Hoover, mi marido, cuando lo conocí no era un hombre muy sensible; agente especial del FBI, ya se sabe. Corría todas las mañanas seis millas, luego media hora de pesas, abdominales, yoga; lo hacía todo, y así tenía él el *six pack* que tenía. Que aquí tener cuarto y mitad de tableta de chocolate en la barriga es una cosa que les vuelve locas a las chicas, y mi Adam tenía la fábrica de Hersey entera en la barriga para mí sola, que me ponía de chocolate hasta atragantarme; dura como la madera de un tablao.

Realmente Adam no era un hombre romántico; sí de una sortija el catorce de febrero, o de un regalo en Navidad, pero cuando hablo de poco romántico, me refiero a que no era capaz de montar un plan sin que no se lo dijeran los anuncios de la tele; era un tipo de todos a la vez, como casi todos los hombres, que luego están que los que ni a la vez ni nunca, que me consta por amigas que los hay. Y yo, ¿qué queréis que os diga? Cuando una se siente única pues lo agradece, seamos sinceras, que a ninguna nos gustan las bodas masivas; salvo a las coreanas de la secta Moon esa, que cuando se casan parecen una fábrica de siquieros. Yo soy más de bodas normales; las de la realeza europea me encantan, donde la novia es una princesa, la protagonista absoluta y la más guapa ese día, aunque sea un poquito mentira, pero esa mentirijilla de pasar de ser una cualquiera como la Megan, como somos todas vamos, que se casa con el príncipe inglés, nos encanta y nos sentimos identificadas. Nuestra boda la recordamos el resto de nuestra existencia, que hasta guardamos el vestido de novia al vacío; las mujeres somos muy de días señalados.

Encarna tiene los ojos de su padre y la herida de bala de mi brazo está cerrando bien; me va a quedar cicatriz pero me haré un tatuaje como el que me hice en la espalda, que me puse unas flores divinas que se ven desde un poquito por debajo de la línea de la braguita y me suben hasta el omóplato, un conjunto floral muy de la Polinesia, con mucho color; ahora me voy a tatuar los nombres de Adam y de Encarna con la bandera americana de fondo y una guitarra con una pistola a cada lado; he visto el boceto, precioso, que me ha hecho Andy, el de Tatto Torrance, un genio de la aguja.

Recuerdo perfectamente el día de la emboscada, cuando entramos en aquel viejo almacén. Teníamos un chivatazo de que se iban a reunir Marco Dimilano y Edward Troy, dos de los promotores del portal de *fakenews*, *The Truth of America*, con Viktor Bashilomotiv, uno de los principales desestabilizadores de la democracia americana, la biblia de los supremacistas. Tenía todo el dinero del Kremlin para crear controversias fuera de su país, poner en duda todo, desconcertar, etcétera. Pero ¡qué te voy a decir que tú no conozcas por las noticias! ¡Que mira hasta dónde hemos llegado aquí! Que te diré que los americanos son capaces de irse a hacer la guerra para imponer la paz en cualquier lugar del mundo, pero son incapaces de cruzar una calle para votar a su presidente, que así son.

Nos habían dado el soplo del *meeting* y ahí estábamos con chalecos antibalas, armas cargadas; una parafernalia de película. Que yo les decía si no era demasiado todo ese entramado para tres manipuladores de almas conservadoras. Ahí estaba Adam el primero, siempre muy motivado, con una camiseta ceñida, que antes de salir de casa nos dimos una alegría mañanera. Como dos meses antes, que otra alegría de esas tuvo como consecuencia a la Encarna. «*Me puso mirando a Cuenca*», que diría mi padre. Yo esa noche le iba a decir que estábamos esperando, que hasta me había hecho el test del pis con la cosa esa que cambia a azul en caso positivo; azul como los mismísimos ojos de Adam.

Pero aquello no era una reunión de *influencers*, era una trampa preparada para acabar con ese departamento del FBI, que éramos quince y después de aquello y de alguna retirada que hubo, entre ellas la mía, se quedaron en cuatro y muy desmotivados. El pobre Ben Harper siempre me lo decía: «*This is not the same without you*».

Siempre he tenido la sospecha de que aquella encerrona la montó Thomas Walker, el director del departamento; es algo que me ronda. No tengo pruebas pero cuando llegamos allí, él se quedó fuera parapetado; aquello no era una reunión estratégica para joder la vida al pueblo americano: aquello era una emboscada en toda regla. Nos empezaron a disparar desde posiciones elevadas, a las que nosotros respondimos parapetados donde podíamos, improvisando, lo que se dice una refriega; cayó Adam a mi lado, con un disparo en el hombro y otro en la pierna. El del hombro entró muy malamente, de arriba abajo; un bajonazo caído, pero con mucha muerte. Yo cambié el cargador dos veces antes de atenderlo. «*Nine eighty five, agent done, nine eighty five!*»; nueve ochenta y cinco es el código de agente herido. El resto de la historia te la he contado; él, que se sabía muerto, me pidió una nana flamenca: «*Hi babe, everything is fine, just sing a nana, love you...*» y yo me eché a cantar-llorar, que más que flamenco me salió *soul*.

> *Lullabie for my dark eyes,*
> *lullabie for my star of the sky.*

Llegó la ambulancia y se lo llevaron. Yo no volví a verlo; me dieron el parte de fallecimiento que decía que había muerto en el traslado al hospital y me entregaron un ataúd cubierto con la bandera.

Se la tengo jurada a Thomas Walker y algún día nos encontraremos, que el que me busca me encuentra y yo me llamo Lola Ramos; en los papeles de la Social Security aparezco como Lola Ramos-Hoover; sobre todo lo hice por la niña, que aquí muy evolucionadas y muy feministas, pero se casan y pierden su apellido. ¡Y el lío que eso trae si te divorcias! Porque tienes que retomar el apellido de soltera, que conozco a mujeres con más apellidos que la Duquesa de Alba; como aquella tan simpática, sí, la que se murió hace unos años.

Hoy hemos ido al cementerio; han pasado cinco años desde su muerte. Ahí estaba su tumba, Encarna de mi mano y Macareno delante. Encarna, que tiene los ojos de su padre, me mira y me dice:

–*Is Daddy here?* –señala con el dedo la lápida.

A lo que mi padre contesta:

–Tu *pare* está en el cielo –y señala hacia arriba.

Encarna, que mira arriba y abajo sin entender:

–*And how did he get up there?*

–Mira mi niña, hay dos cielos: este y otro que no vemos; solo los muertos lo ven.

–¡Papá, cállate que me vas a traumatizar a la niña con tanto muerto!... Encarna, tu padre está ahí –y señalé la tumba.

Tengo que tomarme el antibiótico, que tengo clase en dos horas y hoy quiero dar una clase de iniciación al fandango. Han pasado cinco años desde que lo mataron en aquella trampa; voy a empezar los papeleos para la exhumación del cadáver. Él quería que sus restos descansaran en Montana; se lo diré a Louise y a Steve la próxima vez que hable con ellos, seguro que se ponen muy contentos. Iré con Encarna para que conozcan a su nieta, que al paso que vamos van a conocer a la niña el día de su boda.

VII. FANDANGO

Tanto me das que sufrir
que tu amor será mi muerte
aunque por ti he de morir
no puedo pasar sin verte
dime tú si esto es vivir.

Ignore
do not insist on knowing
what you should ignore
what can happen to you
that to know the truth
you will repent later.

Soy feminista. Esta es una declaración de principios, y si te molesta toma dos tazas, porque mi padre y mi hija también lo son; somos tres de tres, un cien por cien, en mi casa. Soy feminista. La verdad es no voy enseñando el pecho descubierto por ahí, aunque entiendo a las Femen y no me importa que ellas lo hagan y se pinten mensajes sencillos pero muy potentes en la piel como el «soy libre», *«grab back»* o *«woman freedom»*; que en esta sociedad ven un pezón y se paralizan las infraestructuras. Es algo que también tienen los hombres, y a algunos se los he visto más abultados que los míos y por supuesto más peludos. Aquí el *topless* las chicas lo hacen a escondidas, porque en la playa te vienen los *baywatch*, los del bañador rojo, y te la montan. Que en la serie se les ve muy hechitos; en la realidad, la mitad de la mitad, pero son muy teatreros: van con esa boya roja que llevan en la mano que parece que están en una chirigota en carnavales.

Las mujeres estamos en un momento reivindicativo, hasta el moño que estamos, y lo vamos a conseguir; vaya si lo vamos a conseguir. Ahora sabemos que no hemos llegado a este mundo para estar un paso por detrás de nadie, ni por delante, sino a la misma altura; o que cuando yo pido la cuenta en un restaurante la camarera le dé la libretilla de plástico con el papelito para la firma al hombre que está a mi lado es que me enerva. ¡Ah!, y otra cosa que me pone muy nerviosa de los camareros es que miran a los hombres para ver qué hacer con la factura.

Mira, yo mato igual que un hombre, igualito; llevo a mis espaldas veintisiete decesos, que ese currículo ya les gustaría a muchos de mis compañeros sicarios. Pero os cuento para que veáis. Hace tres meses me vino a ver un tipo; estaba yo dándole con un martillo a la pared de fuera, picándola, que aquí las paredes son muy endebles y esta estaba pudriéndose, y que por darle con un martillo y echar una mano de yeso me cobren un dineral, ya lo hago yo. Ahí estaba yo acalorada, el rímel un poco corrido y un mechón de pelo que se me ponía así, delante de la cara. El tipo que me vino a ver, que miró a los lados y me dijo:

–*Is the hitman there?*

–*Yes, here it is.*

–*You can tell him. Mr. Smith wants to talk.*

Aquello a mí ya no me gustó; este me trataba de secretaria. El tipo tenía en la cabeza que el asesino a sueldo tenía que ser un hombre.

–*Of course, you are speaking with him.*

Acentué el *him* masculino con recochineo, que los americanos no entienden de sarcasmo, burla, ironía y demás figuras retóricas, como dice mi padre: «*¿Sabe la diferencia entre un buen amigo y uno chungo? Que el bueno siempre te apuñala de frente. Que aquí no lo en-*

tienden, que cuanto cuentas un chiste, para que se rían tienes que decir: 'It´s a joke'».

Benjamín Lee se quedó mirándome de arriba abajo, aunque para mi gusto se quedó mucho rato a la altura del escote.

–Uhmm... –dijo como quien huele un plato de lentejas guisadas, abriendo las fosas y llevando la cabeza para atrás. Yo me sentí un poco insegura por mi olor corporal en aquel momento, con el martillo en la mano.

El tal Benjamín no me quería contar cuál era el *target*. Primero al precio; yo le digo la tarifa estándar y él que me dice que la mitad, yo le digo que esto no es el Black Friday y él me responde que soy una mujer; yo le digo que no hay que ser muy listo para darse cuenta de que soy una mujer pero que hay que ser muy tonto para decirlo; vamos, que el tipo me estaba rebajando con el argumento de que yo era una mujer. Yo en ese momento le dije:

–*Now, because you are a man you must pay me double price.*

Que yo tengo tarifas fijas pero el Benjamín me había tocado los ovarios, que me di la vuelta y me eché a andar, que tenía sed y que recoger a la niña del *Preschool*. Siempre me acuerdo de que en la academia del FBI, en Quántico, te decían una frase: «*Es mejor estar callado y parecer tonto que hablar y despejar todas las dudas*»; creo que lo dijo uno que tenía que haber sido presidente americano, con bigotes pintados, así, muy gruesos.

–*Please, Miss, sorry.*

—Mrs, your welcome.

Me volví con una cara de mala leche que él me vio y se acabó la discusión pecuniaria, que a mí este capullo no me paga menos por diferencia de género. La verdad es que cuando le conocí un poco mejor, con el tiempo me di cuenta de que Benjamín Lee era un trozo de pan; ya me ha contratado en tres ocasiones. Un bendito es, el típico hombre que necesita un proceso de reeducación sexista, que muchos creen que la igualdad es dejar de dar besos y dar la mano en presentaciones profesionales, que también, y es más, ¡es algo tan sencillo como pensar que la niña, la chica, la mujer que tienes delante puede hacer lo mismo que haces tú, con la misma eficiencia, la misma dedicación, el mismo resultado y al mismo precio que tú!

Lucca Pantolino pertenecía al grupo de crimen organizado de la costa oeste, los Cataglia, extorsionadores del tres al cuarto que obligaban a los restaurantes italianos entre Seattle y San Diego a la compra de productos de sémola de la marca Eatalpasta, un producto de muy baja calidad pero con mucho margen, con el se estaban haciendo de oro. Benjamín Lee era el contable de tres restaurantes en Burbank, Westwood, y en Inglewood, que estaban sufriendo el abandono por parte de clientes que se quejaban de unos espaguetis al pesto que se servían apelmazados, una pena. Y el tal Lucca Pantolino, el típico italiano que se cree que el mundo se ha creado para su disfrute exclusivo, se había convertido en la pesadilla semanal de los Fratellini Tortellini, que era el nombre de los susodichos *ristorantes*.

Todos los martes a las cuatro llegaba Lucca en su Alfa Romeo, que los italianos son muy suyos con los autos, entraba por la puerta principal del Fratelli Tortellini de Inglewood, donde estaban las oficinas principales y el almacén de la empresa, impecable con su Armani, que los italianos son muy suyos con los trajes, y pedía una Peroni, que los italianos son muy suyos con las cervezas, y que nunca abonaba, que los italianos son muy suyos.

Estaba en el coche esperando, puse música y golpeaba el volante de cuero negro a ritmo de fandango, un baile lleno de movimiento y jovialidad, y que con el tiempo se hizo un cante de escucha, de reflexión, profundo, una transformación con la que me siento muy identificada, que no todo en la vida tiene que ser juerga y follón; que luego siempre vienen el drama y las lágrimas. Si hay un palo femenino en el flamenco ese es el fandango; la vida sin drama no es vida. Es un torrente, pero muy trágico; lo necesitamos, serio como nos gusta, responsable en el momento adecuado, loco pero controladamente valiente, fandango.

Creo que cuando imagino a mi padre con su guitarra le siento sacando notas de fandango del rasgar de las cuerdas, instrumento que algún día hizo el lutier Rafael Romero, siempre la misma guitarra, su mejor amiga. Me encanta eso de cantar a palo seco, con ese golpeo de nudillos en la madera entre la impaciencia y el aviso; hay tantos fandangos como mujeres en la faz de la Tierra y yo esperaba mi momento en el coche.

Benjamín Lee salía al encuentro de su extorsionador y le enseñaba los libros de cuentas con los pedidos y se quejaba de que con una pasta tan mala estaban perdiendo clientes.

–*Look at the restaurant, empty; your pasta is a shit.*

–*La pasta non è male, quello che succede è che il bolle molto e si lancia poco pomodoro.*

Ese tipo no iba a dar su pie a torcer; solo bastaba recordar cómo mataron a Julio César y las juergas de Berlusconi para reconocer su carácter de tirapelotas fuera. Oye, que no me caen mal los italianos; únicamente los de la Cosa Nostra y algún otro que solo les entran a las tías a por la Cosa Suya; ellos son muy de la cosa, que te sueltan dos cursilerías y dos mandangas y alguna ingenua cae y todo con «*la promessa dell'amore eterno*», que después viene la faena de «*se ti ho visto non mi ricordo*».

Seguí al Alfa Romeo de Pantolino; hizo un recorrido por dos restaurantes más, La Nonna Straviata y el Allegro Panini. En los dos se tomó una Peroni, que no pagó, y en las dos les recordó a sus responsables que la única pasta que entraría en sus cocinas sería la Eatalpasta.

> *Yo no le temo a la muerte*
> *más le temo a no morir*
> *que la vida es la intención*

*de vivir eternamente
o morir en el intento.*

Cuando salió de este último restaurante se dirigió andando a su coche rojo, que los italianos son muy suyos con el rojo en los coches; no había nadie en el *parking*. Eran las seis de la tarde. Yo aguardo en el coche. Veo que Lucca no abre la puerta de su auto, se acerca al muro, se baja la cremallera y comienza a orinar; las tres Peroni han hecho su efecto. El reguero amarillo sigue la pendiente de un canalillo hasta perderse en la acera más próxima. Eso es lo que en Cádiz se llama «cambiar de agua al canario»; absolutamente asquerosa costumbre la de orinar en la calle, que una está muy por el feminismo y la igualdad, pero ver a un tipo con la bragueta bajada y haciendo pis en la calle, como que no.

Pantolino ni mira a los lados, menos atrás, por donde me estoy acercando, con mis gafas de sol puestas y a paso firme; él está concentrado en el alcance de su chorro; ¡lo que les gusta a los hombres lo de llegar lejos con el chorrillo! Espero a que termine, la menea enérgicamente, y poniéndose de puntillas, «*Jeté, Petit*», de dentro a fuera para soltar la gota y se gira subiéndose la cremallera.

¡Bang!

Le descerrajo un tiro a quemarropa con una Baretta recortada, muy de la Mafia, una marca muy italiana, que ellos son muy suyos con sus marcas.

Si quieres que no te mienta,
If you want I tell you,
si quieres que yo te hable,
no me hagas las preguntas
que me lleven a la mentira.

VIII. RUMBA

*A mi amigo Blanco Herrera le pagaron su
salario.
Y sin pensarlo dos veces salió para
malgastarlo,
una semana de juerga y perdió el
conocimiento.
Como no volvía a su casa todos lo daban por
muerto.*

*And he wasn't dead no, no and he wasn't dead
no, no.
And he wasn't dead no, no.
He was drinking beer, lerelele.*

*Pero al cabo de unos días de haber
desaparecido,
encontraron a uno muerto, un muerto muy
parecido.
Le montaron un velorio y le rezaron la
novena,
le perdonaron sus deudas y lo enterraron con
pena.*

Recuerda, son los pequeños detalles los que nos mantienen con vida. Las mujeres somos capaces de ver un poco más allá, en las cosas insignificantes sobre todo, y le damos vueltas al tono de una frase que ha dicho menganita, a lo que ha dicho exactamente y, sin necesidad de grabarlo, analizamos ese gesto que pasó desapercibido para todos pero no para nosotras. Bendito «¿te diste cuenta de que...?». Un hombre nunca comienza una frase con el «tedistecuenta»; así les va, que no se dan cuenta de nada. En palabras de Macarenos Ramos: «*No ni na, los hombres no nos coscamos, es la mujé la que tiene age, el dominio del ahiestá, que hubiéramos desaparecido de la faz de la Tierra, si no se hubieran ellas dado cuenta de las cosas; que nosotros somos muy de apalancarse, de babilabris, mu cagalástimas, vamos, pero las gachís na que no, cazoletas, sois de un jartible y tiquismiquis, uf, pisha, cuánto detalle de vida, que más que vivir paecís todas que sois las hijas de Sesloc Jolmes ese, tanta pregunta, tanto te dije y te dejé de decir, ozú*».

Nosotras hemos desarrollado la memoria colectiva como factor esencial de la supervivencia humana, nosotras lo recordamos todo. Y fue un detalle, ese día, al término de la clase de las tres de los martes, cuando Mary Jo Albridge, toda sudada, con un sofocón después de la clase de rumba, que ella se dirigía a la puerta y yo que vi su bolso sobre la silla, que lo agarro y se lo acerco con gesto amable.

–*Mary Jo, you forgot your purse.*

Ella cuando me ve con el bolso en la mano se queda apurada y viene a mi encuentro; se lo doy y me da las gracias.

–*Thanks.*

Aquel bolso pesaba mucho, que yo lo sé, que para mí el bolso es el botiquín de primeros y de segundos auxilios, que entre lo mío propio y lo de Encarna lo llevo saturado siempre.

–*Uh, your purse is very heavy.*

–*See you back.*

Mary Jo se fue abrumada con su pesado bolso, sin girarse, camino del *parking.* Había algo que no me cuadraba, una sospecha. Miré el reloj; me faltaba hora y media hasta la siguiente clase. Me arremangué la falda larga, fui al rincón donde Encarna jugaba con las construcciones, cogí las llaves del automóvil y corrí para seguir a Mary Jo, que era igual de patosa conduciendo que andando.

Ella siempre me decía que vivía en Torrance, saliendo a la izquierda, pero salió a la derecha, hacia El Segundo, tomando la carretera Vista del Mar que va bordeando la costa, junto a la playa, a la izquierda. No se veía mucha gente. El día estaba nublado, pero en el agua se distinguía una línea de surfistas con sus neoprenos que intentaban cabalgar unas olas que rompían muy cerca de la playa; a la derecha, la refinería de Chevron, la depuradora y la central eléctrica, un sitio deprimente con su estética industrial fuera de lugar.

—Where are we going, mama? If agüelo comes, he's not going to know where we are.

¡Mierda! La niña me está recordando que hemos salido tan rápido que he dejado el bolso y el móvil en el estudio. Le iba a decir a Encarna que íbamos a por un helado, pero no llevo ni un *quarter*; miré si tenía alguna moneda en el cubilete junto a la palanca de cambios, nada.

—Vamos a hacer un recado rápido y ahora volvemos; yo tengo la clase de las seis y el *agü* viene en un rato para verte.

Mi padre ha estado el fin de semana en Houston en el festival *Flamenco for all*, llegó esta mañana.

Encarna se quedó mirando por la ventana desde su silla especial de coche.

«Espero que Mary Jo no se vaya al *downtown*», pensé. Estaba ahí, siguiéndola, tres coches por detrás porque había notado algo raro en su *«see you back»*. La patosa de Mary Jo Albridge y su pesado bolso; una mujer que no se separa de su bolso, si va a bailar sí, pero ese giro inseguro al verme a mí con su bolso no era normal. Tenía la mosca detrás de la oreja.

—Rumba, please, Mommy.

—Te pongo a Peret.

—Oky, He wasn't dead.

Se refería al título de la canción, la niña. Lo que le puede gustar a Encarna Peret, locura; se pone a dar palmas y no para. La verdad es que la rumba catalana es muy divertida; aquello de Los Manolos con:

> *Amigos para siempre*
> *Means you'll always be my friend*
> *Amis per sempre*
> *Means a love that will never end*
> *Friends for life*
> *Not just a summer or a spring*
> *Amigos para siempre.*

Pero le puse a Peret con Spotify y su «*Y no estaba muerto*». La verdad que estuve a punto de abrir las ventanas y poner los altavoces a tope, como si fuera un afroamericano escuchando rap en un auto customizado de color morado. Aquí decimos afroamericanos, porque lo de negros solo lo utilizan entre ellos; decirle negro a un negro es muy poco respetuoso, afroamericano es lo más *polite*. Tengo una amiga que les llama suizos, pero entre nosotras. Pensé en Mary Jo y me volvió la intriga. Más playa a la izquierda y un avión que se eleva sobre el mar; estamos muy cerca del aeropuerto.

El coche de Mary Jo llegó al cruce con la Culver Bulevar. Semáforo en rojo, esperamos, verde. Debería torcer a la derecha, era lo normal, pero siguió recto; se había metido en una calle sin salida, extraño; esa vía llegaba al canal de Marina del Rey, un paseo para bicicletas y poco más.

Me acuerdo de que no muy lejos de ahí asesiné a Peter McMillan tercero, su abuelo y su padre el mismo nombre, y él se puso III, que aquí lo de poner número al final consideran que roza lo nobiliario. Peter McMillan lo tenía todo para morir: mirón, acosador; el tipo se consideraba a sí mismo un buen partido, deseado, irresistible, coqueto, hijo de mamá y llorón; vamos, que había comprado todos los boletos para la rifa del hombre prescindible del año. Pero además, el muy hijo de puta, y no lo decía mi padre, había instalado cámaras en los servicios de mujeres de su oficina; un cerdo que disfrutaba espiando a las chicas cuando estaban sentadas en un retrete y por la espalda, para ser más cobarde.

Juliet Thomson y Melissa Casidy me contrataron, pero el dinero lo pusieron las veintitrés mujeres de la oficina; hicieron una colecta que se llamó con el nombre clave RPL «*Remove Pussy Lucky*»; incluso me contaron que una de las becarias había puesto todos sus ahorros para ese fin. ¡Qué entrega a la causa la de esa mujer!

Peter McMillan, al que llamaré Tercero, recorría la zona en bicicleta de carretera todos los sábados con una pegatina del partido demócrata, un burro con la bandera americana, toda una declaración de principios, vestimenta de ciclista muy profesional, zapatillas con enganche a estribos. El paseo bordeando el canal estaba concurrido, fin de semana por la mañana, imagínate. Esa noche yo había entrado en su garaje y había agujereado las dos ruedas con un alfiler muy fino y quitado una pieza de su bombín; quería que el aire se escapara poco a poco y no hubiera posibilidad de inflado.

Fue a la altura de un parque, madres que hablaban vigilando a la chiquillería que se escurría por los toboganes, que las llantas de Tercero se quedaron sin aire y él descubrió que el inflador que llevaba en la barra no achicaba aire ni para un beso. Ahí estaba yo, también de ciclista y siguiéndolo a una distancia prudencial.

–*Is something wrong?*

Yo, como muy entregada a la causa de compañeros del pedal, y, ¡qué coincidencia!, llevaba dos llantas nuevas y un bombín. Le ayudé a cambiarlas, pero disimuladamente puse un poco de pasta de goma en el anclaje de los pedales; cuando él se subiera, sus zapatos se quedarían firmemente sujetos a los estribos. También aflojé el manillar de la bici con una llave halen.

Cuando terminamos, Tercero me dio las gracias y me preguntó si pasaba por ahí a menudo; yo le dije que todos los sábados. Él me dijo que un día podíamos tomarnos algo, yo le dije que gracias y que probara cómo iba la bicicleta; él se subió y yo le empujé al canal. Su manillar no le respondió y cayó por la cuestecilla de cemento que encauza las aguas que dan al mar. Las mamás del parque que lo ven y sacan sus móviles y se ponen a grabar, a tomar *selfis* y a hacer fotos. Yo me retiro con calma, pedaleando despacio.

Las imágenes que salieron en la tele eran muy impactantes: Tercero no se podía soltar de la bici y se fue al fondo rápido y empujado por la corriente. Ni te cuento; por esa zona el canal tiene una profundidad de tres metros. Peter McMillan se había ido por ese retrete gigante que es un canal; yo solo había tirado de la cadena para que se fuera a la mierda.

Todos los comentarios fueron unánimes: si se hubiera podido soltar de los agarres se hubiera salvado, pero no pudo. A raíz de esta muerte, el *Council* de Marina del Rey prohibió la circulación de bicicletas con pedales de enganche en toda su jurisdicción bajo *penalties* de cuatrocientos dólares si te pillaba un poli, que aquí más que legislar por causa-efecto somos más de afectar la causa y prohibirlo todo.

Dejé el coche como pude, enfrente de una pizzería muy cutre, desabroché a Encarna y las dos salimos del coche.

–Encarna, hija, ahora mucho silencio y detrás de mamá, que no nos vea Mary Jo.

Algo difícil; yo llevaba puesta la falda de faralaes, una falda con muchos volantes, *arrastrá*; así no la habían visto en Playa del Rey ni en las películas. Estuve a punto de quitármela, pero quedarme en pantis tampoco era muy sugerente; si hubiera llevado unos tipo biquini, más bonitos, lo hubiera hecho, que este es un lugar muy *relajao*, pero con estos que llevo no puedo, son un poco *enfajaos* y color carne. ¿Que son cómodos? A medias. ¿Prácticos? Muy prácticos, pero lo que se dice bonitos pues no lo son; son color carne, que en la tienda las dependientas dicen color visón, pero yo no he visto un visón en mi vida de este color. Es que en California no usamos esos abrigos de piel tampoco; además, yo soy mucho de la protección a los animales, menos con los ratones blancos de laboratorio, con los toros de lidia y con los insectos, sobre todo avispas, mosquitos, moscas, cucarachas y hormigas; con los demás no convivo en el día a día, pero estoy a favor de salvarlos a todos.

¡Madre del amor hermoso, qué pinta tengo con esta falda y la niña de la mano, qué cosa tan poco profesional! Esto de conciliar el trabajo y la vida familiar es muy complicado. «¿Dónde se habrá metido Mary Jo?», pensé mirando las casas de los lados. Su coche estaba ahí aparcado. Miré al canal. Ahí la veo junto a dos hombres en el paseo; ha dejado la falda en el coche, pero ella no lleva bragas, lleva unos pantaloncitos muy monos azules con las tres rayas de Adidas a los lados. *«Hay que ve el partido que le han sacado esos pishas a tres líneas asín de juntas, mare mía el inventor del chándal, lo que ha hecho por la humanidad: ha igualado al drogadicto de La Línea y a la Selección Española de Fútbol»*, mi padre, una vez más.

—Encarna, escóndete detrás del coche.

—*Ok, Mammy, this is a good game.*

Pobre niña, en qué lío la estoy metiendo; un juego dice, algún día le contaré a qué me dedico, no quiero que la niña tenga un trauma y que de mayor vaya todas las semanas al psicólogo. Se lo contaré, seguro, cuando pase la difícil edad de las *teenagers*.

Mary Jo hablaba con un hombre espigado y de cabellos lacios; estaban a contraluz, pero a ella se la veía enrojecida; realmente les doy caña en las clases. Había otro hombre que estaba de espaldas; su figura era robusta, tipo FBI, grande de hombros y culichico, como mi Adam.

Fue entonces cuando vi bien al interlocutor de la Albridge. Era Thomas Walker.

Y no estaba muerto no, no, y no estaba muerto no, no,
Y no estaba muerto no, no, chevere, chevere,
chever...

Me arremangué la falda por encima de las rodillas, agarré a Encarna de la mano. *«Vámonos Encarna, que si nos pillan la hemos liado»*, le dije en voz baja. Y nos fuimos, agachadas entre los coches, con la falda limpiando la acera; aquel era un lugar peligroso si estaba Thomas Walker. También le contaré a la niña la trampa que nos tendieron y en la que murió su padre.

El FBI estaba detrás de mis pasos y Mary Jo Albridge debía de ser una agente especial del Buró que estaba infiltrada en la academia. Tenía que haberme dado cuenta; la forma de moverse tan cuadriculada, tan mantecosa, esa poca soltura y gracia en las piernas, siempre la última en salir. A saber lo que tenía en el bolso, por lo menos una Smith&Wesson 41 con munición del 22, que eso pesa una enormidad.

En el coche, la niña bien agarradita en su silla, que una es muy entregada y vocacional con lo del asesinato pero no iba a poner en riesgo a mi hija sin su cinturón de seguridad. Walker se había cruzado de nuevo en mi camino y esta vez no me iba a quedar a un lado viéndole pasar.

Esta semana recibiré los papeles para la exhumación de Adam; me han enviado un *mail* con la confirmación. Quería llevarlo a Montana. Louise y Steve, los Hoover, estaban muy agradecidos; se lo dije la semana pasada.

En el camino de regreso no hice otra cosa que darle vueltas a todo. Puse a Peret en Spotify. «Cuando lleguemos a casa tengo que darle la merienda a Encarna; seguro que mi padre ya ha llegado». En la playa los surfistas seguían remando sobre las olas que se escapaban bajo sus tablas, cerca de la orilla.

> *Borriquito como tú. Tu-Ru-Rú*
> *Que no sabes ni la U*
> *Tu-Ru-Rú*
> *Borriquito como tú*
> *Tu-Ru-Rú*
> *Yo sé más que tú.*
> *Les canto a las chicas*
> *Canto al tabernero.*
> *Canto a la portera*
> *Canto a lo que sea*
> *Canto al mundo entero.*
> *Y con este acento*
> *Parezco extranjero*
> *Pero soy de Vigo*
> *Me hago llamar Peter*
> *Y mi nombre es Pedro.*
>
> *You're a little donkey... Ey-ey-ey*

IX. TANGO

Appeared as in a dream
describing my joy.
Dios mío cómo me acuerdo
Yo me acuerdo de aquel día.

Si grande fue mi tormento,
más grande fue mi alegría.
When I woke up from sleep
and I saw that it was all a lie.

Y miré el firmamento
y me dicen las estrellas
Ay cómo leer el pensamiento...

L lamé a Ben Harper. Solía hacerlo en las Navidades, para charlar y ponernos al día de nuestras vidas. Es de los pocos amigos que me quedan de los tiempos de Virginia, él soltero y en el FBI. Tuvo una novia hace muchos años y ella un día le dio a elegir: o ella o el FBI, y sigue soltero. Era muy amigo de Adam; ¡lo que lloró Ben en el entierro de mi marido, madre mía! Le llamé para decirle que iba a llevar los restos mortales de Adam a Montana. Después de la exhumación, el ataúd estaba guardado para el traslado en el almacén del cementerio. Me habían enviado una foto para que viera el estado en el que se encontraba; no me di cuenta y la niña se había quedado mirándola. La guardé; me pareció muy bruto lo de *«Mira hija, ahí está tu padre»*. La excusa era lo de Adam, pero yo realmente quería saber cosas de Thomas Walker. Hablamos un rato y al final le pregunté por nuestro antiguo jefe. Me dijo que Walker había dejado el FBI hacía un par de años y que los rumores hablaban de que estaba en una compañía de seguridad privada, Eagles of Liberty, mercenarios al servicio del mejor postor en servicios bélicos de toda índole, mala fama, mercenarios sin escrúpulos; que yo pensé para mis adentros si Harper no me estaba haciendo una insinuación acerca de mi profesión actual. Yo me considero a mí misma vocacional, moral y con escrúpulos; claro que matar mato, y lo hago por dinero, pero hay una delgada línea roja, lo que yo llamo el fin justificado, al fin y al cabo mis clientes son gente con problemas puntuales, selectivos, y no me meto en grandes matanzas, ni en conflictos territoriales, raciales y de luchas de poder económico; lo mío es más de detalle, de sinceridad, de madurez. Al menos yo lo veo así.

–*Ben, we miss you; come to see us in Manhattan Beach, we'll see you soon.*

Ya sabía que lo Walker no era un tema del FBI, por lo tanto no estaba detrás de mí por el tema profesional; no me estaba persiguiendo por ser una *hitwoman*. Entonces, ¿por qué me estaba siguiendo? Y si me querían hacer algo, ¿por qué no lo habían hecho ya? Mary Jo Albridge podía haberme liquidado hacía tiempo. Estaban esperando algo.

En la sala, frente a los espejos, tensas, que para bailar un tango hay que concentrarse en los pies. Todas las alumnas estaban preparadas.

El tango es un palo del flamenco importado de La Habana; las historias lo ubican en el barrio del Manglar, un barrio negro, pobre e inquieto, y llegó a España de la mano de los marinos que lo habían aprendido en Cuba en los puertos, pero también llegó a muchos lugares para quedarse y adaptarse a cada una de las idiosincrasias; se fue a París con sus bailes canallas y arrabaleros; a México, a Nueva Orleans, a Perú, y por supuesto a Buenos

Aires, con ese tango porteño, el rey de los tangos, que se instaló en el alma de los argentinos, y de ahí a recorrer el mundo uniendo la sensualidad, el equilibrio y la coordinación en una pareja de baile, pura belleza.

Terminamos la clase y miré el reloj de la pared; ese jueves no tenía la segunda clase. Yo había quedado con una mamá del cole, Lucy, para que ella recogiera a Encarna y jugara con su hija; las niñas eran íntimas y las dos hijas únicas de madres sin pareja. Se entretenían divinamente y así nosotras podíamos desentendernos de ellas un poco. Iría a buscarla en un rato; estaba a tres cuadras de aquí.

El coche estaba esquinado pero pude ver a los dos hombres; juraría que uno llevaba una cámara de fotos con un teleobjetivo. «Ahí están, esperando», pensé.

Los Cataglia no son de eso de contratar a alguien de fuera, como que no, que con lo de dinero ellos son muy suyos y solo lo gastan en cosas italianas.

Se me encendió una luz y llamé a Emilia McArthur; ella me había contratado para acabar con Jacinto Madrazo, El Chapo del Norte. Me contestó al momento, simpática y muy extrovertida como siempre, y le pregunté directamente si había comentado nuestro *deal* con alguien. Ella, una mexicana muy señora, casada con un magnate del cine, Dan McArthur, me juró por sus chavos que no y yo la creí, que ella es muy madre y tiene tres hijos; tenía un cuarto, el mayor, Alfred, y se lo asesinaron los narcos del Cartel del Norte, por eso pasó lo que pasó.

Todavía quedaba un cabo suelto. ¿Cuál? Luciano Torres, Lucho, con su parche negro sobre el ojo izquierdo, el veterinario que me sacó el proyectil del brazo. Le llamé. *«El número al que llama ha sido dado de baja por el usuario, gracias por llamar a AT&T»*. Lucho había muerto, estaba segura; cuando llamas a una compañía de telefonía no te dicen si el usuario ha sido asesinado, pero yo en mis fueros internos lo sabía; primero le habían sonsacado con torturas el nombre de su clienta, yo, y luego le habían dejado con la cabeza metida dentro de la jaula de un perro hambriento, muy criminal. Ha tenido que ser así, que un tipo como él no se deja amedrentar y menos da de baja su teléfono sin comunicar el cambio a su agenda.

Ya sé para quién trabajan los Eagles of Liberty de Walker: para el Cartel del Norte; hay que ver el partido que le sacan los americanos a las águilas y a la palabra libertad, que está por todos lados. Ya sé el motivo: venganza.

A ellos solo les faltaban dos preguntas para completar el puzle: ¿quién me contrató? y ¿cuándo me matarán?

¡Dios mío! ¿Qué había hecho? Me levanté, miré el teléfono, cerré los ojos unos instantes. Cogí las *twins*, las dos Sig-Sauer P-226 del armero y cuatro cargadores completos. Corrí al coche, pero me quedé mirándolo al llegar; lo dejé y salí pitando a casa de Andy, el vecino. Ahí estaba él tocando el piano. Me vio tan apurada que se levantó al instante, le pedí el coche y no me lo negó.

«Thanks, Andy». Cuando salía de su garaje con su Range Rover miré por el espejo retrovisor y vi el coche negro con los dos hombres que me seguían, y yo a todo esto con la falda de faralaes; ¡siempre me pillan las prisas con el traje de faena! Había puesto en peligro a Emilia McArthur.

Había salido corriendo porque de repente entendí lo que habían estado esperando las águilas de Walker: querían saber quién era mi cliente; ahora lo sabían y nos matarían a las dos. Thomas Walker me había intervenido el teléfono; recuerdo cuando Mary Jo me lo había pedido con la excusa de llamar a su marido, que tenía que recoger al niño del colegio, y yo probablemente también tenía *trakeado* el coche con un dispositivo de localización, seguro.

Iba a toda velocidad a casa de Emilia, a Beverly Hills. «Tranquila —me dije—, tienes que hacer tres cosas antes de llegar: primero, llama a tu padre para que recoja a Encarna en casa de Lucy, te estarán escuchando; a ver cómo le dices que la lleve a un lugar seguro sin que te entiendan; segundo, desconecta el teléfono para que no sigan la señal, seguro que lo tienen localizado por el GPS; tercero, despista a los que te vienen siguiendo».

Me tengo que concentrar; ellos tardarán un poco en averiguar dónde vive Emilia y si la llamo para prevenirla, les pondré sobre aviso. «No llamaré a Emilia McArthur», dije y llamé a mi padre.

— ¿Qué pasa, Lola, quilla?

—*Dio*, que estoy *mu apurá*, esto es *ajín, ira, quillo, ehto* nos están *coscando to* lo que *decimo* ahora, por eso hablo asín.

—¿Le ha *pasao* algo a la Encarna?

—No ni *na*, la he *jiñao*, ¿recuerdas lo que las *pipas* que te conté? ¿*Sabeloquetedigo*?

—¡Que sí *caraho*! ¿Lo de la *sacarina*, me dices?

—Eso, que necesito que recojas a la Encarna en casa de la Lucy y te la guardes, que yo estoy llegando a la plaza, que tengo *corría* ahora, ozú.

—Yo me *via i ya* donde la Lucy. ¿*Andeva* tú?

—Estoy *escamoteá*, me da un *corahe*. Que *vi a* repartir un par de *guantás* a unos *carablandas*.

Me quedé tranquila. Si nos estaban escuchando no se habrían enterado de *na*, que en los Eagles habría gente que supiera hablar español, seguro, pero era imposible que supieran hablar gaditano; además, no conozco a nadie de Cádiz que sea mercenario; legionario sí, pero no soldado de fortuna.

Primera cosa hecha. Apagué el móvil y le quité la batería; segunda también. Cuando me metí en la Interestatal 405 sabía que la tercera sería fácil de hacer. En una autovía tan *abarrotá*, cuando quise irme me fui y tomé la salida de National en el último instante dejando a mis perseguidores sin capacidad de reacción.

La mansión de estilo colonial parecía tranquila. Aparqué el coche un par de casas más arriba, detrás de una furgoneta de jardinería. Salí del coche y me coloqué las dos pistolas sujetas a la cintura de la falda larga, en las lumbares, y los cargadores me los repartí por el sujetador, que no quedaba bonito pero era práctico. Había dos coches en la puerta, nada raro. Miré alrededor, nada fuera de lo corriente. Llamé al timbre. Unos segundos más tarde me abrió la puerta una señora bajita. Pregunté por la señora y me dijo que estaba en la piscina, con un señor que acababa de llegar. «*Are you coming with him?*». La aparté y le hice una señal de que estuviera en silencio y saqué mis armas. La señora bajita me señaló la dirección de la piscina. No se sorprendió mucho al ver las pistolas; seguro que es de Guatemala, que ellos están muy acostumbrados.

Emilia estaba de pie, mirada asustada, junto a la piscina con un traje vaporoso que dejaba ver el traje de baño. Ideal el modelo, seguro que de Bijou. Dándome la espalda, un hombre corpulento, un tipazo pero con un arma en la mano; era el mismo tipo que estaba con Mary Jo y con Walker en el canal; yo no me olvido de un culo como ese. Le apunté a la cabeza y tensé el gatillo. Era hombre muerto, pero tuve la curiosidad de verle la cara antes de eliminarlo; es como más honroso, menos cobarde. Emilia me miró con sorpresa y yo le dije muy segura al tipo, para que no se le ocurriera hacer nada raro:

—*Hey baby, in your back; don't try to use your gang.*

El hombre se dio la vuelta y en mi corazón se arrancó una milonga, ese otro tango sin palo, sin flamenco, de Santos Discépolo, imprescindible:

As the world went and it will be crap,
I know...
¡En el quinientos seis
y en el dos mil también!
Que siempre ha habido chorros,
maquiavelos y estafaos,
contentos y amargaos,
varones y dublé...
Pero que el siglo veinte
es un despliegue
de maldad insolente
ya no hay quien lo niegue.
Vivimos revolcaos en un merengue
y en el mismo lodo
todos manoseaos...
Today it turns out it's the same
Be right that traitor!...
¡Ignorante, sabio, chorro,
generoso o estafador!...
¡Todo es igual! ¡Nada es mejor!
¡Lo mismo un burro
que un gran profesor!
No hay aplazaos ni escalafón,
The immortals have matched us...

X. JALEO

¡Aaaaaaaaaaaay!

l jaleo es un palo del flamenco, pero ya no existe; ha dado paso a otros: fandangos, soleás, bulerías, alegrías. Se ha quedado ahí como un referente, como parte de un camino inacabado. Es una metáfora de la vida, algo que estuvo, un aire que sopló con fuerza y dejó torcido el árbol. Pero ese viento ya no existe y cuando vemos el árbol sin viento nos imaginamos su sufrimiento en esos días pasados. Eso es el flamenco, un árbol muy *sufrío*.

Adam me miraba sorprendido; no me esperaba ahí, y yo tampoco esperaba a mi amado muerto.

La resurrección y día del Juicio Final habían llegado a la vez; temblaba tanto, que el brazo que segundos antes sostenía el arma con fuerza se estaba derrumbando, apuntando al suelo, mientras el brazo armado de mi esposo subía para situarse a la altura de mi cabeza. En un segundo cómo te cambia la vida: él estaba muerto y yo viva; ahora él estaba vivo y yo muerta.

Tenía delante a mi marido fallecido hacía cinco años, el mismo Adam Hoover que había creído muerto en mis brazos, el padre de Encarna, el hijo de Louise y Steve; el mismo cuyo féretro aguardaba para su traslado a Montana la semana siguiente en un almacén del cementerio. Yo había dejado de apuntarle y él me apuntaba a mí.

¿Cómo iba a disparar a mi marido? Llevaba viuda de él cinco años, acordándome cada día, cada minuto de lo vivido juntos. No me salían las palabras y él estaba de pie, y Emilia MacArthur nos contemplaba inmóvil.

–*Hi, Lola, I see you're still the smart girl ever.*

Era el mismo Adam, pero se le había endurecido la voz, el mismo tipazo. Le vi alguna arruga en la cara y unas canas le asomaban en las patillas; yo que estaba a punto de correr, arrojarme en sus brazos y besarlo cuando él me miró de arriba abajo.

–*I see that you come with that flamenco skirt directly from the academy. Where did you leave the girl? Your father will pick her up?*

Quieta me quedé. Él lo sabía todo, sabía que tenía una academia de baile, sabía lo de la niña y conocía nuestra vida. Pero no había utilizado el nombre de Encarna, ni el de Macareno, su querido suegro, al que tanto decía que quería antes de desaparecer. Yo no había pronunciado palabra pero levanté el brazo y le apunté a los ojos.

Ahora éramos un matrimonio frente a frente, apuntándose a la cabeza el uno al otro con su arma; cada uno vigilando el dedo en el gatillo del otro, sintiendo la tensión del índice ajeno para adelantarse en ese insignificante movimiento de un centímetro que tendría como consecuencia la expulsión centelleante de una bala mortal en una de las dos direcciones.

—*Why, Adam?*

¡Bang!

Sonó la detonación, pero no fue ninguna de las armas que estaban tensas y mirándose cara a cara; fue la otra *twin,* la que estaba reposando sobre mi cadera, la que disparé: el engaño en la suerte del toro, la coordinación de brazos ante un mismo pensamiento, algo que solo puede ofrecer el flamenco, una *flamenco killer,* yo, Lola Ramos Olomo.

Le había hecho una pregunta, «*Why, Adam?*», y no esperé porque sabía la respuesta. Adam cayó con un disparo en el cuello sobre el césped, en un lugar cercano a aquel en el que le dieron la última vez que le vi con vida. Cinco años sin verlo y no había dejado que me respondiera; se me caían unas lágrimas gordas mientras me acercaba a él. Me miraba con miedo, sorprendido, vivo todavía el pobre. Él era un hombre rápido en sus decisiones con el gatillo; mi única ventaja había sido hacerle una pregunta. Nosotras sabemos que el cerebro de un hombre no está preparado para hacer dos cosas a la vez, responder y disparar; tuve ese momento y lo aproveché. Supe, conociendo a Adam, que tenía una única oportunidad; era mi marido y sabía que me hubiera matado.

Él había desaparecido de mi vida, pero mientras yo era viuda y sacaba a nuestra hija adelante él se había convertido en un asesino encubierto de Eagles of Liberty, con una nueva identidad, quién sabía si con una nueva vida; quizá se había vuelto a casar, que los hombres no son mucho de estar ellos solos, quizá tenía hijos y todo.

Me arrodillé a su lado y le tomé la mano. Fue como un *déjà vu* y comencé a cantarle aquella nana que decía así, sin que él me la pidiera esta vez:

> *Duérmete tesoro mío,*
> *no tengas miedo de ná,*
> *mi pecho combate el frío,*
> *con tus manitas helás.*
> *Calla que tras la colina*
> *está la muerte acechando,*
> *viene cargada de espinas,*
> *luces, fatigas y clavos.*
> *Lullabie for my dark eyes,*
> *lullabie for my star of the sky.*

Esta vez estaba muerto, sin pulso; no hubo ambulancia que se lo llevara, ni parte médico que me dijera más mentiras; yo misma le puse los dedos en la yugular y no sentí el bombeo cadencioso de la sangre. Adam Hoover había muerto otra vez. Era dos veces viuda, era la única viuda al cuadrado de la Tierra.

—¿Conocías a este hombre? —me preguntó Emilia MacArthur.

—No, lo que se dice conocer, no le conocía.

Le dije la verdad a Emilia; había estado casada con él, habíamos sido amantes, pareja, novios, amigos, compañeros, padres biológicos, pero no nos conocíamos. No después de esto.

Entre las tres mujeres, Emilia, la señora bajita y yo, enrollamos el cadáver de Adam en unas mantas, lo cargamos hasta la puerta, yo acerqué el coche a la entrada y lo metimos en el amplio maletero del Range Rover. Emilia asustada, yo triste, la señora bajita sin inmutarse, normalidad absoluta, con una seguridad tan pasmosa que estoy segura de que esta mujer es de Guatemala. A Emilia le dije que se anduviera con cuidado y que yo iba a solucionarlo todo; me ofreció dinero y le dije que esto corría por cuenta de la casa.

Primero me acerqué a las oficinas del cementerio, donde aguardaban exhumados los restos de Adam Hoover para su traslado a Montana; me identifiqué como su viuda y les pedí estar un rato a solas para velar el féretro, su recuerdo. Eran las seis de la tarde, estaban cerrando. Les dije que sería solo una oración, diez minutos; con las pintas que llevaba no se atrevieron a negarme la petición. La señora de gafas de la recepción no paraba de mirarme la falda larga de volantes; estoy segura de que la mujer creyó que me había puesto de esa guisa para la ceremonia íntima funeraria; yo hice muchas caídas de ojos para dar pena.

El ataúd de Adam estaba en una sala junto al muelle de carga y descarga, esquinado y solo; me acerqué todo lo que pude con el coche. No había nadie. Me agencié una carretilla de transporte de féretros; no quería cargar con el peso muerto de mi marido.

Tras cinco años bajo tierra, la madera del féretro había perdido mucho brillo y parecía más pequeño, como en la foto que me habían enviado del archivo estatal. Todavía lo recuerdo con la bandera extendida el día del entierro.

Desajusté las presillas y lo abrí; ahí había un tipo trajeado que parecía un decorado de Halloween. Esta fiesta les encanta a los americanos, que se disfrazan con todo lo que encuentran y los niños hacen manualidades con las calabazas; las vacían y les ponen caras de susto y sonrisas, y van por las casas pidiendo con el «*trick´r treat*». Encarna se vuelve loca de la emoción. Este año, que iba ella con su traje de flamenca, ¡lo guapa que estaba! y con qué salero se movía. Le puse una flor en el pelo, que la chiquilla arrambló con todas las chucherías del barrio; se puso mala de tanto azúcar saturado que comió. A mi padre no le gustaba Halloween. «*A mí me da musho yuyu el día de todos los santos, sus muertos, toa esa chiquillería disfrasá, que parece la comparsa de un chirigota en medio de una profesión de Semana Santa; como mi primo Manué, El escosío, que tenía el pompi irritao de chico y se queó con ese mote, que era el peó compositó de chirigotas del mundo, que cuando cantaba el gachí llovía más que cuando enterraron al bigotes*».

Acomodé a los dos hombres que iban a compartir la eternidad juntos, Adam y el desconocido. Dudé un rato si ponerlo boca arriba, si boca abajo, que si con la cabeza en los pies. Puse a Adam encima mirando para arriba; me pareció más correcto que la posición cara a cara, menos íntima, pero coloqué los brazos del esqueleto sobre sus partes, para que cuando se presentara en las puertas del infierno todos se rieran de él, y cerré las presillas; rompí dos para dejarlo bien sellado contra curiosos de último momento.

Cuando volvía en coche por la autopista interestatal 405 sur dirección a San Diego me miré el tatuaje que me había hecho en el brazo y vi el nombre de Adam y el de Encarna con las pistolas y la guitarra. Volvería a Tatto Torrance para camuflar el nombre de Adam entre flores; también podía hacer lo que hizo Melani cuando se quitó el nombre de Antonio del brazo, que no se le nota nada. Ya veré lo que hago.

Dejé el coche en casa de Andy, que seguía delante del piano; estaba componiendo me dijo. Activé el teléfono y me fui a la sala de baile; tenía que arreglar alguna cosa. Estaba segura de que Thomas Walker, Mary Jo Albridge y los dos tipos del auto vendrían a por mí.

Era una noche de luna llena, muy gitana, muy flamenca, muy de mujer.

Cuando entré en la sala de baile, en su silla, sentado, estaba mi padre, Macareno Ramos, con su guitarra, como si fuera un Clint Eastwood sereno esperando a los malos.

—¿Qué haces aquí? ¿Y Encarna?

—Ya ve *shosho*, que la Lucy insistió en que la dejara a *dormí*, que estaban *mu entretenías* haciendo *pumkekes* las chiquillas.

—Pues aquí va a haber jaleo.

–Por eso estoy, para marcarte el ritmo; que yo de armas no sé, por la gloria de tu *mare*, que si no las cogía, mi *arma*, pero el compás te lo marco, ole.

Dos coches negros entraron en el aparcamiento.

Apagué la luz y le dije a mi padre: «*¡Arráncate!*», y el sonido de la guitara flamenca inundó la sala en sombras de los espejos.

De un coche salieron los dos hombres que había visto unas horas antes, del otro Thomas Walker, Mary Jo Albridge y un tercer hombre. ¡No me lo podía creer! ¡El día de las sorpresas! Era Jirair Metavosian, el armenio bajito, compacto y muy peludo; ¡ahora recuerdo que fue Mary Jo quien me montó la *blind date* con él! ¡Uf, cuánto pelo!

Mi padre estaba inspirado y le sacaba a la guitarra notas que erizaban el vello. Ellos eran cinco, armas cortas todos menos Jirair, que llevaba una M-15; venían confiados en su superioridad. Hice mis cálculos: treinta balas menos una, que había utilizado con mi marido; veintinueve dividido entre cinco que venían a por mí, cinco con ocho. Cinco balas por cabeza y ocho letras que tiene la palabra F-L-A-M-E-N-C-O, ocho.

Mis pies comenzaron en el sitio con un taconeo, mis manos a la altura de los hombros acabando en hierro fundido, fijas, cabeza alta, mirando a la puerta.

Los dos tipos entraron disparando, teloneros de un desconcierto, desacompasados, sin estrategia, a lo bruto, haciendo añicos los cristales de algunos espejos; mis pistolas escupieron el fuego a la vez, este y oeste. Cayeron juntos a las puertas como dos mansos que no quieren entrar en la plaza y que se golpean contra las paredes de los chiqueros.

Mi padre continuaba lleno de inspiración, que el estruendo de las balas y las roturas de cristales no habían interrumpido su concentración en su arte.

Veintisiete balas entre tres que quedaban salían a nueve. Se separaron; Mary Jo a la derecha, Walker a la izquierda, y Jirair al centro con su fusil de repetición para hacer un barrido a media altura, previsible.

La guitarra paró, el tiempo de un olé. Comenzó la ráfaga del armenio sobrevelludo, de derecha a izquierda, que yo me lancé al frente con las pistolas al ritmo de las castañuelas, como dos banderilla al quiebro, y Jirair Metavosian cayó en la acera con tres disparos en su pecho de lobo, como diría mi padre: *«Al pisha se le había caío el pelo entero».*

Macareno Ramos, El Alcaparras, se arrancó de nuevo a la guitarra tras la pausa, y yo llevaba las cuentas y el compás. Doce balas menos; quince entre dos: siete con cinco.

Me replegué para mis adentros con tres pasos largos sobre los espejos rotos que llenaban el suelo de madera de destellos de un universo hecho añicos. «Ellos —pensé— tienen que estar asustados; han perdido a tres, aunque siguen siendo mayoría, el doble. Conozco a la Mary Jo, he bailado con ella»; solo conoces a alguien cuando has bailado con él. «Lo que va a hacer ahora es esperar al disparo por la espalda, exponerse, quieta. Walker tampoco va a arriesgar y permanecerá tras esa pared tan delgada de madera que estaba picando para una mano de yeso». Disparé cinco tiros con la pistola derecha sobre la pared del antiguo almacén tras la que se ocultaba Walker, que cayó, herido en un brazo, gritando de dolor y desposeído de su arma delante de mí, humillado, suplicante. Me adorné con un movimiento de brazos y ¡bang!, *The Walker Death.*

Mary Jo tenía sus quince disparos todavía; yo tres en la derecha y ocho en la izquierda de las Sig-Sauer P-226.

El ritmo de la guitarra se hizo vibrante; entonces mis pies acribillaron a taconazos la madera del suelo con un ruido de ametralladora que hasta la guitarra paró, se quedó muda, en silencio, y yo concentrada en mi taconeo, cada vez más rápido, cada vez más profundo; cuando la sangre se congela del calor y la fuerza se escapa furiosa en el sonido trepidante de la madera golpeada. Aguanté al límite de mis fuerzas.

¡Pam!

Mi padre estrelló en la cabeza de Mary Jo Albribge su vieja guitarra flamenca. Mientras yo taconeaba, él había salido por la otra puerta y había pillado a la mujer desprevenida. Conmocionada, había caído al suelo y yo ahora le estaba apuntando entre los ojos.

Un vehículo policial hacía entrada en la calle, frenando con brusquedad en el *parking* de la academia. El policía salió del coche apuntando, que aquí en América es así: primero apuntan y luego preguntan qué está pasando, o disparan y luego preguntan, que aquí los policías hacen más horas en las prácticas de tiro y planchado de uniforme que minutos de lectura de manuales de convivencia social. Empezaron a llegar más coches con luces y ruido de sirenas, que aquí son muy de despliegue total. Yo dejé las armas en el suelo y me puse de rodillas junto a mi padre con las manos arropando la nuca; por lo menos siete policías nos estaban apuntando entonces. Mary Jo me miraba sorprendida; se había salvado por unos segundos. Dos mujeres-policía apuntaban hacia ella y no perdían de vista el arma que estaba su lado; yo no dejaba de mirar la guitarra destrozada de mi padre, toda una vida juntos.

—Te quedaste sin guitarra.

—Necesitaba una excusa *pa* cambiarla.

—Te compraré una, estos son gastos profesionales.

Nos pusieron las esposas.

—Soy de *Cai* y es la primera vez en mi vida que mi *ditiene* la *Guradia Civí*; vamos que nos llevan al cuartelillo, ozú —dijo mi padre lleno de guasa flamenca.

¡Aaaaaaaaaay!

Una semana más tarde estábamos Encarna y yo en Montana; mi padre no había venido porque tenía las noches flamencas de Malibú de jueves a sábado. Locura de esa gente por el flamenco, que no hay nada más embrujador que una puesta de sol acompañada de los acordes de una guitarra y mi padre estrenaba una nueva.

Ahí estamos, en Montana, viendo el féretro, y yo le digo a Encarna que le dé la bandera americana y la mano a su abuelo, y la niña que coge aquella bandera triangular y se la da a Steve, que se conmueve y llora cuando su nieta le lleva la bandera y le da la mano. En la otra mano tiene su gorra roja; creo que desde hoy ya no considerará que los de California somos unos demócratas del infierno.

Echan tierra sobre su ataúd, tierra de su adorada Montana, a Adam Hoover y a su compañero de eternidad; sus padres, tristes y orgullosos, despidiendo a su hijo héroe, a su Gary Cooper, que también era de Montana, casualidad. Mantuve la compostura; seguía siendo el padre de mi hija. Me juré que me llevaría el secreto a la tumba; no quería que Encarna de mayor se gastara el dinero en psiquiatras, pero por dentro me cagué en *tos* sus muertos.

Me sonó el móvil y me alejé para hablar mientras Encarna paseaba con sus abuelos. Steve se había vuelto a poner su gorra roja de *Make America Great Again*.

–*Hi, Lola Ramos is talking... Yes... yes... Who is the target?... The president?... We can talk about it in person and close the deal.*

¡Aaaaaaaaaay!